Distância de resgate

F✷SF✷R✷

SAMANTA SCHWEBLIN

Distância de resgate

Tradução do espanhol por
JOCA REINERS TERRON

A minha irmã Pamela

Pela primeira vez em muito tempo
baixou a vista e olhou as mãos.
Se já tiveram essa experiência,
sabem a que me refiro.

Jesse Ball, *The Curfew*

SÃO COMO VERMES.

Que tipo de vermes?

Como vermes, em todos os lugares.

O menino é quem fala, diz as palavras ao meu ouvido. Eu sou a que pergunta. Vermes no corpo?

Sim, no corpo.

Vermes tipo minhocas?

Não, outro tipo de vermes.

Está escuro e não consigo enxergar. Os lençóis são ásperos, estão dobrados sob meu corpo. Não consigo me mexer, digo.

Por causa dos vermes. É preciso ter paciência e esperar. E enquanto se espera é preciso encontrar o ponto exato em que nascem os vermes.

Por quê?

Porque é importante, é muito importante para todos.

Tento concordar, mas meu corpo não responde.

Que mais acontece no jardim da casa? Eu estou no jardim?

Não, não está, mas Carla está, sua mãe. Eu a conheci uns dias atrás, quando tínhamos acabado de chegar na casa.

O que Carla está fazendo?

Terminou o café e deixou a xícara no gramado, perto da espreguiçadeira.

Que mais?

Ela levanta e se afasta. Esquece os chinelos, que ficam alguns metros mais para lá, nas escadas da piscina, mas não lhe digo nada.

Por quê?

Porque quero esperar para ver o que ela vai fazer.

E o que ela faz?

Pendura a bolsa no ombro e se afasta, no seu biquíni dourado, até o carro. Existe certa mútua fascinação entre nós duas, e em contraste, breves lapsos de repulsa, posso senti-los em situações muito específicas. Tem certeza de que é preciso comentar essas coisas? Temos tempo para isso?

Os comentários são muito importantes. Estão no jardim por quê?

Porque acabamos de voltar do lago e sua mãe não quer entrar na minha casa.

Quer evitar problemas para você.

Que tipo de problemas? Tenho que entrar e sair de vez em quando, primeiro por causa das limonadas, depois do protetor solar. Não acho que seja para me evitar problemas.

Foram ao lago por quê?

Queria que eu a ensinasse a dirigir, disse que sempre quis aprender, mas quando chegamos ao lago nenhuma das duas teve a paciência necessária.

Agora está fazendo o que no jardim?

Abriu a porta do meu carro, sentou ao volante e revirou um pouco a bolsa. Eu baixo minhas pernas da espreguiçadeira e aguardo. Faz calor demais. Depois Carla se cansa de revirar e agarra o volante com as duas mãos. Fica assim por um momento, olhando para o portão, ou talvez para a casa dela, muito além do portão.

Que mais? Por que você está em silêncio?

É que estou presa a esta história, eu a vejo perfeitamente, mas às vezes é difícil avançar. Será por causa do que as enfermeiras estão me injetando?

Não.

Mas eu vou morrer em poucas horas, é o que vai acontecer, não é? É estranho me sentir tão tranquila. Porque apesar de você não me dizer, eu já sei, e no entanto é uma coisa impossível de se dizer a si mesma.

Nada disso é importante. Estamos perdendo tempo.

Mas é verdade, não é? Que eu vou morrer.

O que mais está acontecendo no jardim?

Carla apoiou a testa no volante e seus ombros tremeram um pouco, começou a chorar. Acha que poderíamos estar perto do ponto exato em que nascem os vermes?

Continue, não se esqueça dos detalhes.

Carla não faz nenhum barulho mas consegue fazer com que eu me levante e vá até ela. Gostei dela desde o princípio, desde o dia em que a vi carregando os dois grandes baldes de plástico sob o sol, com seu grande coque ruivo e seu macacão jeans. Não tinha visto alguém usar um daqueles desde a adolescência, e fui eu que insisti com as limonadas e a convidei para tomar mate na manhã seguinte, e na seguinte, e na seguinte também. São esses os detalhes importantes?

O ponto exato fica num detalhe, é preciso ser observador.

Cruzo o jardim. Quando desvio da piscina, olho para a sala de jantar e percebo através da janela panorâmica que Nina, minha filha, continua adormecida, abraçada à sua toupeira de pelúcia. Entro no carro pelo lado do passageiro. Sento, porém deixo a porta aberta e abaixo o vidro da janela, porque faz muito calor. O grande coque de Carla está meio murcho, desmoronando para um lado. Encosta no assento consciente de que já estou ali, outra vez ao lado dela, e olha para mim.

"Se eu te contar", diz, "não vai querer me ver mais."

Penso no que falar, alguma coisa como "poxa, Carla, por favor, não seja ridícula", só que em vez disso olho os dedos dos seus pés, tensos nos pedais, as pernas longas, os braços magros porém fortes. Fico perplexa que uma mulher dez anos mais velha que eu seja tão mais bonita.

"Se eu te contar", diz, "não vai querer que ele brinque com a Nina."

"Mas, Carla, por favor, como assim não vou querer."

"Não vai querer, Amanda", diz, e os olhos se enchem de lágrimas.

"Como se chama?"

"David."

"É seu? É seu filho?"

Concorda. Esse filho é você, David.

Eu sei, continue.

Limpa as lágrimas com o nó dos dedos das mãos e suas pulseiras douradas tilintam. Eu nunca tinha visto você, mas quando comentei isso com o sr. Geser, o zelador da casa que alugamos, que andava encontrando com a Carla, na mesma hora ele perguntou se eu já tinha lhe conhecido. Carla disse:

"Era meu. Agora não é mais."

Olhei para ela sem entender.

"Não me pertence mais."

"Carla, um filho é para toda a vida."

"Não, querida", diz. Tem as unhas compridas e gesticula à altura dos meus olhos.

Então lembro dos cigarros do meu marido, abro o porta-luvas e os dou para ela junto com o isqueiro. Praticamente arranca o maço das minhas mãos e o perfume do seu protetor solar passa também entre nós.

"Quando David nasceu era um sol."

"Claro que sim", digo, percebendo que agora tenho de ficar calada.

"Da primeira vez que me deram ele para segurar fiquei muito angustiada. Estava convencida de que lhe faltava um dedo", ela segura o cigarro nos lábios, sorrindo com a lembrança, e o acende. "A enfermeira disse que às vezes isso acontece por causa da anestesia, que ficamos meio obcecadas, e até ter contado duas vezes os dez dedos das mãos não me convenci de que tudo estava bem. O que eu não faria agora para que só faltasse um dedo no David."

"O que o David tem?"

"Mas ele era um sol, Amanda, estou te dizendo que era um sol. Sorria o dia inteiro. O que ele mais gostava era de ficar aqui fora. Ele se amarrava na praça, desde pequeno. Você percebeu que aqui não dá para andar de carrinho. No povoado, sim, mas daqui até a praça é preciso passar pelos sítios e pelas guaritas das estradas, e o barro é uma encrenca, mas ele gostava tanto que até fazer três anos eu tinha de carregá-lo, as doze quadras. Quando ele via o tobogã começava a gritar. Onde é que fica o cinzeiro deste carro?"

Fica debaixo do painel. Tiro o cinzeiro e o passo para ela.

"Então David adoeceu, com aquela idade, mais ou menos, faz uns seis anos. Foi uma época complicada. Eu tinha começado a trabalhar lá na granja do Sotomayor. Era a primeira vez na vida que eu trabalhava. Fazia a contabilidade, que de contabilidade na verdade não tinha nada. Vamos dizer que organizava a papelada e o ajudava a somar, mas isso me distraía. Andava pelo povoado resolvendo pendências, bem-vestida. É diferente para você que vem da capital, aqui para ter glamour é preciso uma desculpa, e essa era perfeita."

"E o seu marido?"

"Omar criava cavalos. É isso mesmo que você está ouvindo. Ele era outra pessoa, o Omar."

"Acho que o vi ontem quando saímos com Nina para caminhar. Passou com a caminhonete mas não devolveu o cumprimento."

"Sim, esse é o Omar de agora", diz Carla negando com a cabeça. "Quando o conheci, ele ainda sorria e criava cavalos de corrida. Ficavam do outro lado do povoado, depois do lago, mas quando engravidei tudo veio para cá. Essa aí era a casa dos meus velhos. Omar dizia que quando eu ficasse com ela a gente ia ser cheio da grana e reformaria tudo. Eu queria acarpetar o piso. Sim, uma loucura morando onde moro, mas como isso me deixava animada. Omar tinha duas éguas parideiras de luxo das quais nasceram Tristeza Cat e Camurça Fina, que foram vendidas e corriam, ainda correm, em Palermo e em San Isidro. Depois nasceram outras duas, e um potrinho, só que desses não lembro os nomes. Para ir bem nesse negócio é preciso ter um bom garanhão, e emprestaram o melhor para Omar. Ele cercou uma parte do terreno para as éguas, fez um curral atrás para os potros, plantou alfafa, e depois foi construindo o estábulo com mais tranquilidade. O acerto era que ele solicitaria o garanhão e o emprestariam por dois ou três dias. Quando os potros fossem vendidos, um quarto do dinheiro iria para o dono do garanhão. Isso é muito dinheiro, porque se o garanhão for bom e os potros forem bem cuidados, cada um pode ser vendido por um valor entre duzentos e duzentos e cinquenta mil pesos. Então a gente conseguiu aquele bendito cavalo. Omar o observava o dia inteiro, o seguia como um zumbi para contabilizar quantas vezes montava em cada égua. Antes de sair, me esperava voltar do serviço no Sotomayor, e daí era a minha vez, e eu só espiava de vez em quando da janela da cozinha, vai vendo. Foi aí que uma tarde eu estava lavando os pratos e percebi que fazia tempo que não via o garanhão. Vou até a outra janela, e até a outra, por onde dá para ver a parte dos fundos, e nada: lá estão as éguas, mas nenhuma notícia do garanhão. Pego David no colo, ele que já dava seus primeiros passos e tentou me seguir pela casa esse tempo todo, e saio. Não tem muito o que fazer numa situação dessas, ou o cavalo está lá ou não está. Evidentemente, por alguma razão, tinha pulado a cerca. É difícil, mas às vezes acontece. Fui até o estábulo rezando a Deus para que estivesse por lá, mas não estava. Me ocorreu ir ao riacho, que é bem estreito mas fica no fundo de uma ribanceira, um cavalo bem que podia estar tomando água lá e não ser visto da casa. Lembro que David perguntou o que estava acontecendo, peguei ele no colo antes de sair da casa e ele continuou abraçado ao meu pescoço, sua voz entrecortada pelos passos que eu dava de um lado para o outro. 'Talí, mamãe', disse David. E lá estava o garanhão, bebendo água no riacho. Agora ele não me chama mais de mamãe. Descemos e David quis ficar no chão. Falei para ele não se aproximar do cavalo. E fui, com passinhos curtos, na direção do animal. Às vezes se afastava, mas tive paciência e com o tempo ele ganhou confiança. Consegui pegá-lo pelas rédeas. Que alívio, lembro perfeitamente que suspirei e falei em voz alta, 'se eu perdesse você também ia perder a casa, seu desgraçado'. Tá vendo, Amanda, é parecido com aquilo do dedo que pensei que faltava no David. A gente fala 'perder a casa seria a pior coisa de todas', e depois acontecem coisas muito piores, pelas quais eu daria a casa e a vida para voltar àquele momento e soltar as rédeas daquele maldito animal."

Escuto a porta de tela da sala de estar bater e viramos as duas para a minha casa. Nina está na porta, abraçada à sua toupeira. Está sonolenta, tão sonolenta que nem sequer parece se assustar por não ter nos visto em nenhum lugar. Dá alguns passos, agarra o corrimão sem soltar o bicho de pelúcia e se concentra em descer os três degraus do corredor, até pisar o gramado. Carla volta a se encostar no assento e a observa pelo espelho retrovisor, em silêncio. Nina olha os próprios pés. Está fazendo aquela coisa nova que anda fazendo desde que chegamos aqui, aquilo de arrancar a grama esticando e fechando os dedos dos pés.

"David se agachou no riacho, seus sapatos estavam encharcados, enfiou as mãos na água e lambeu os dedos. Então vi o pássaro morto. Estava bem perto, a um passo do David. Gritei com ele assustada, e ele também se assustou, levantando logo em seguida e caindo para trás com o susto. Meu pobre David. Cheguei mais perto, puxando o cavalo, que relinchava e não queria me seguir, e não sei como fiz para carregá-lo com uma só mão e lutar com ambos para subirmos a ribanceira. Não contei nada disso ao Omar. Para quê? A cagada já estava feita e refeita. Só que no dia seguinte o cavalo amanheceu arriado. 'Não está aqui', disse Omar, 'fugiu', e eu quase disse ao Omar que já tinha escapado uma vez, mas ele o encontrou deitado no pasto. 'Merda', disse. As pálpebras do garanhão estavam tão inchadas que não dava para ver os olhos. O beiço, os buracos do nariz, a boca inteira estavam tão inchados que parecia outro animal, uma monstruosidade. Ele mal tinha forças para gemer e Omar disse que seu coração batia como uma locomotiva. Mandou chamar o veterinário com urgência, alguns vizinhos apareceram, todo mundo preocupado correndo de lá para cá, já eu voltei desesperada para casa, peguei David, que ainda dormia no berço, e me tranquei no quarto, na cama com ele nos braços para rezar. Rezar como uma louca, rezar como nunca havia rezado na minha vida. Você deve estar pensando por que não corri para o pronto-socorro em vez de me trancar no quarto, mas às vezes não dá tempo de se confirmar o desastre. O que quer que o cavalo tivesse tomado, meu David tinha tomado também, e se o cavalo estava morrendo não haveria chances para ele. Soube disso com toda clareza, porque eu já havia escutado e visto coisas demais neste povoado: restavam poucas horas, talvez minutos, para encontrar uma solução que não fosse esperar meia hora por um médico rural que nem sequer chegaria a tempo no pronto-socorro. Precisava de alguém que salvasse a vida do meu filho, a qualquer custo."

Espio Nina outra vez, que agora dá uns passos na direção da piscina.

"É que às vezes nem todos os olhos são suficientes, Amanda. Não sei como não vi, por que diabos estava preocupada com a porra de um cavalo em vez de me preocupar com meu filho."

Me pergunto se poderia acontecer comigo o mesmo que aconteceu com Carla. Sempre penso no pior cenário. Agora mesmo estou calculando o quanto demoraria para sair correndo do carro e alcançar Nina se ela de repente corresse até a piscina e se jogasse. Chamo isso de "distância de resgate", chamo assim a distância variável que me separa da minha filha e passo metade do dia calculando isso, apesar de sempre arriscar mais do que deveria.

"Quando decidi o que fazer, não dava para voltar atrás, quanto mais eu pensava, mais me parecia a única saída possível. Peguei David no colo, que chorava, acho que por causa da minha própria angústia, e saí de casa. Omar discutia com dois caras em volta do cavalo e punha a mão na cabeça de tanto em tanto. Outros dois vizinhos observavam lá do terreno dos fundos e às vezes se metiam na conversa, opinando aos gritos de um terreno para o outro. Fui embora sem que percebessem. Saí para a rua", disse Carla, apontando para o final do meu jardim, detrás do portão, "e fui para a casa verde."

"Que casa verde?"

A última cinza do cigarro lhe cai entre os seios e ela a sacode, soprando de leve, depois suspira. Vou ter de limpar o carro porque meu marido é muito chato com essas coisas.

"O pessoal que mora aqui vai lá de vez em quando, pois sabemos que esses médicos que nos chamam lá da salinha só aparecem várias horas depois, e não sabem nem podem fazer nada vezes nada. Se é grave, vamos até a 'mulher da casa verde'", diz Carla.

Nina deixa sua toupeira na minha espreguiçadeira, em cima da toalha. Dá alguns passos em direção à piscina e me empertigo em posição de alerta no banco. Carla também olha, mas para ela a situação não parece apresentar nenhum perigo. Nina se agacha, senta na beirada e mete os pés na água.

"Não é uma vidente, ela sempre deixa isso bem claro, mas consegue ver a energia das pessoas, diz que consegue ler."

"Como assim consegue 'ler'?"

"Consegue saber se alguém está doente e em qual parte do corpo está a energia negativa. Cura dor de cabeça, náuseas, úlceras de pele e vômitos com sangue. Se chegarem a tempo, interrompe os abortos espontâneos."

"Acontecem tantos abortos espontâneos assim?"

"Ela diz que tudo é energia."

"Minha avó sempre dizia isso."

"O que ela faz é detectar a energia, deter se for negativa, canalizar se for positiva. Ela é muito consultada aqui no povoado, e às vezes vem gente até de fora. Os filhos moram na casa dos fundos. São sete filhos, todos homens. Cuidam da mãe e de tudo o que ela precisa, mas dizem que nunca entram na casa. Quer ir na água com a Nina?"

"Não, não se preocupe."

"Nina!", Carla a chama e só então Nina nos vê no carro.

Nina sorri, tem um sorriso divino com covinhas, e franze o nariz um pouco. Ela se levanta, pega sua toupeira na espreguiçadeira e corre em nossa direção. Carla se estica para trás para abrir a porta traseira para ela. Movimenta-se no assento do motorista com tanta naturalidade que parece difícil acreditar que tenha entrado neste carro hoje pela primeira vez.

"Olha, eu preciso fumar, Amanda, desculpa pela Nina mas não posso terminar isso sem dar outra tragada."

Faço um gesto despreocupado e lhe passo outra vez o maço.

"Solta a fumaça para fora", digo, enquanto Nina sobe no assento.

"Mami."

"Que foi, gordinha?", diz Carla, mas Nina a ignora.

"Mami, quando é que a gente vai abrir a caixinha de pirulitos?"

Treinada pelo pai, Nina se senta e põe o cinto de segurança.

"Daqui a pouquinho."

"O.k.", diz Nina.

"O.k.", diz Carla, e só então percebo que no seu relato não resta mais nada daquele drama todo de antes de ela começar a contar a história. Não chora mais, nem apoia a cabeça no volante. Conta a história sem se incomodar com as interrupções, como se tivesse todo o tempo do mundo e apreciasse voltar àquele passado. Eu me pergunto, David, se você pode mesmo ter mudado tanto, se contar tudo outra vez não devolve momentaneamente a Carla aquele outro filho de quem ela diz sentir tanta falta.

"Quando a mulher abriu para mim, passei o David para os braços dela. Só que além de esotéricas essas pessoas são bastante sensatas, então ela botou David no chão, me deu um copo d'água e não aceitou começar a consulta até eu me acalmar. A água me devolveu um pouco da alma ao corpo, e é verdade que por um momento achei que meus medos podiam ser uma loucura, pensei em outras possibilidades pelas quais o cavalo podia ter adoecido. A mulher olhou fixamente para o David, que se distraía enfileirando uns enfeites em miniatura que havia em cima da mesa da televisão. Ela se aproximou e brincou um pouco com ele. Estudou-o com atenção, dissimuladamente, às vezes apoiando uma das mãos no ombro dele, ou segurando seu queixo para olhar bem nos olhos. 'O cavalo já morreu', disse a mulher, e eu ainda não tinha falado nada sobre o cavalo, juro. Falou que ainda restavam algumas horas para o David, talvez um dia, mas que logo ele teria insuficiência respiratória. 'É uma intoxicação', disse, 'vai atacar o coração dele.' Fiquei olhando para ela, nem sequer me lembro quanto tempo fiquei assim, gelada, sem conseguir dizer nada. Então a mulher falou algo terrível. Algo pior do que dizer como o seu filho vai morrer."

"Que foi que ela disse?", perguntou Nina.

"Anda, pode abrir os pirulitos", falei para ela.

Nina tira o cinto, pega a toupeira e corre em direção à casa.

"Falou que o corpo de David não resistiria à intoxicação, que morreria, mas que poderíamos tentar uma migração."

"Uma migração?"

Carla apagou o cigarro sem terminá-lo e deixou seu braço esticado, quase pendendo do corpo, como se toda aquela conversa de fumar a tivesse deixado completamente exausta.

"Se mudássemos a tempo o espírito de David para outro corpo, parte da intoxicação também iria com ele. Havia chance de superá-la se fosse dividida em dois corpos. Não era certeza, mas podia ser que funcionasse."

"Como podia ser que funcionasse? Já tinham feito isso outras vezes?"

"Era a única maneira que existia de preservar o David. A mulher trouxe um chá para mim, disse que se bebesse devagarinho me acalmaria, mas bebi em dois goles. Não podia nem sequer entender o que estava escutando. Minha cabeça era uma confusão de culpa e terror e meu corpo inteiro tremia."

"Mas você acredita nessas coisas?"

"Então David tropeçou, ou melhor dizendo, achei que ele havia tropeçado, e demorou para levantar. Eu o vi de costas com sua camiseta de soldadinho preferida, tentando coordenar os braços para se erguer. Foi um movimento atrapalhado e inútil, que me lembrou os que ele estava tentando alguns meses antes, quando ainda aprendia a se levantar sozinho. Era um esforço do qual já não precisava, e entendi que o pesadelo estava começando. Quando virou para mim tinha a testa enrugada e um gestual estranho, como se sentisse dor. Corri até ele e o abracei. Abracei com tanta força, Amanda, mas tanta força que me pareceu impossível que algo ou alguém no mundo pudesse tirá-lo de minhas mãos. Escutei sua respiração, bem próxima de meu ouvido, um pouco agitada. A mulher nos separou com um movimento suave mas firme. David ficou encostado no espaldar da poltrona, e começou a esfregar os olhos e a boca. 'Temos que fazer agora', disse a mulher. Perguntei a ela para onde David iria, a alma de David, se podíamos mantê-lo por perto, se podíamos escolher uma boa família para ele."

"Não sei se estou entendendo, Carla."

"É claro que está entendendo, Amanda, está entendendo perfeitamente."

Quero dizer para Carla que tudo aquilo é uma barbaridade enorme.

Essa é a sua opinião. Isso não é importante.

É que não posso acreditar numa história dessas, e em qual momento dela seria apropriado se indignar?

"A mulher disse que não poderia escolher uma família", disse Carla, "não dava para saber aonde ele ia parar. Também falou que a migração teria suas consequências. Não existe lugar num corpo para dois espíritos e não existe um corpo sem espírito. A transmigração levaria o espírito de David para um corpo saudável, mas também traria um espírito desconhecido ao corpo doente. Alguma coisa de cada um ficaria no outro, não seria mais o mesmo, e eu precisava estar disposta a aceitar sua nova forma."

"Sua nova forma?"

"Mas para mim era tão importante saber para onde ele iria, Amanda. E ela dizendo que não, que era melhor não saber. Que o importante era libertar David do corpo doente, e entender que, mesmo sem David naquele corpo, eu continuaria a ser responsável pelo corpo, acontecesse o que acontecesse. Eu tinha que assumir esse compromisso."

"Mas o David..."

"E depois de pensar um tempo sobre o assunto, David se aproximou outra vez e me abraçou. Estava com os olhos inchados, as pálpebras vermelhas e puxadas, inflamadas como as do cavalo, não chorava, as lágrimas lhe escorriam sem que gritasse nem piscasse. Estava fraco e aterrorizado. Dei um beijo na testa dele e percebi que estava tomado pela febre. Tomado, Amanda. Naquele momento meu David já devia estar vendo o céu."

Sua mãe se agarra ao volante e fica olhando o portão da minha casa. Está perdendo você outra vez: a parte feliz da história acabou. Quando a conheci alguns dias atrás, acreditei que, igual a mim, ela também alugava uma casa temporariamente, enquanto o marido trabalhava nos arredores.

O que levou você a pensar que ela também não era do povoado?

Talvez porque parecesse muito sofisticada com suas blusas coloridas e com seu grande coque na cabeça, tão simpática, diferente e alheia a tudo o que a rodeava. Agora me incomoda que ela comece a chorar outra vez, que não saia do carro do meu marido, que Nina esteja sozinha dando voltas pela casa. Devia ter dito para Nina voltar ao carro depois de pegar o pirulito, mas melhor não, melhor ela ficar longe, esta história não tem nada a ver com a Nina.

"Carla", falei.

"Falei para ela que sim, que fizesse aquilo. Que fizéssemos o que precisava ser feito. A mulher me disse que iríamos para outro quarto. Peguei David no colo, que praticamente se desmanchou sobre meu ombro. Estava tão quente e tão inchado que parecia estranho ao tato. A mulher abriu um quarto, o último no final do corredor. Fez um sinal para que eu esperasse no umbral e entrou. O quarto era escuro e do lado de fora mal pude adivinhar o que estava fazendo. Ela colocou uma bacia grande e baixa no centro. Entendi isso quando ouvi o ruído da água, que primeiro ela verteu dentro de um balde. Saiu para a cozinha, passando concentrada por nós, e na metade do caminho virou por um momento para David, olhou seu corpo, como se quisesse memorizar sua forma ou talvez suas medidas. Voltou com um grande novelo de cordão de sisal e um ventilador portátil e entrou outra vez no quarto. David fervia tanto que, quando ela o tirou de mim, meu pescoço e meu peito ficaram empapados. Foi um movimento rápido, suas mãos praticamente saíram da escuridão do quarto e voltaram a se perder com David. Foi a última vez que o tive nos braços. A mulher saiu outra vez, sem David, me levou até a cozinha e voltou a servir mais chá para mim. Disse que eu tinha de esperar ali. Que se me movimentasse pela casa poderia movimentar outras coisas, sem querer. Coisas que não deviam se movimentar. Em uma migração, disse, só o que está preparado para partir deve estar em movimento. E agarrei com força a xícara de chá e apoiei a cabeça contra a parede. Ela se afastou pelo corredor sem dizer mais nada. David não me chamou em nenhum momento, tampouco o escutei falar ou chorar. Um tempo depois, mais ou menos dois minutos, ouvi a porta do quarto se fechar. Durante todo esse tempo, diante de mim, sobre uma prateleira da cozinha, os sete filhos, já homens, me olharam de um porta-retrato. Nus da cintura para cima, vermelhos sob o sol, sorriam inclinados em cima dos seus ancinhos e, mais atrás, o grande campo de soja recém-cortada. E assim, imóvel, esperei muito tempo. Cerca de duas horas, diria, sem beber o chá nem afastar nunca a cabeça da parede."

"Escutou alguma coisa, em todo esse tempo?"

"Nada. Só a porta se abrindo quando tudo acabou. Me endireitei, botei o chá de lado, meu corpo todo estava alerta mas não me animei a levantar. Não sabia se já podia fazer isso. Escutei os passos dela, que já conhecia, porém nada mais. Os passos se detiveram na metade do caminho, ainda não conseguia vê-la. E então o chamou. 'Vamos, David', disse, 'vou levar você até a sua mãe.' Eu me agarrei à beirada da cadeira. Não queria olhar para ele, Amanda, eu queria era fugir. Desesperadamente. Me perguntei se conseguiria alcançar a porta antes de chegarem à cozinha. Mas não consegui me mexer. Então escutei seus passos, muito suaves sobre a madeira. Curtos e inseguros, tão diferentes dos do meu David. Eram interrompidos a cada quatro ou cinco movimentos, e então os movimentos dela também se detinham e o esperavam. Estava quase na cozinha. Sua mão pequena, agora suja de barro seco ou de pó, tateou a parede, se segurando. Nos olhamos, mas eu logo afastei o olhar. Ela o empurrou na minha direção e ele deu mais uns passos, quase tropeçando, e voltou a se segurar na mesa. Acho que deixei de respirar por todo esse tempo. Quando voltei a respirar, quando ele por conta própria deu mais um passo na minha direção, pulei para trás. Ele estava muito vermelho, transpirava. Os pés estavam molhados e as pegadas úmidas do caminho já começavam a secar."

"E você não segurou o David, Carla? Não o abraçou?"

"Fiquei olhando para as mãos sujas. Avançou com elas pela beirada da mesa, como se fosse uma barra, e foi ali que vi suas munhecas. Tinha nos pulsos, e também um pouco mais para cima, marcas na pele, linhas como se fossem pulseiras, provavelmente feitas pelo cordão de sisal. 'Parece cruel', disse a mulher também se aproximando, atenta à minha reação e ao passo seguinte de David, 'mas é preciso garantir que apenas o espírito vá embora.' Acariciou-lhe os pulsos e, como que perdoando a si mesma, disse 'o corpo precisa ficar'. Bocejou, percebi que estava bocejando desde que voltara para a cozinha. Falou que era efeito da transmigração, e que também aconteceria com ele quando terminasse de acordar, era preciso retirar tudo, bocejar com a boca bem aberta, 'deixar sair'."

"E o David?", perguntei.

"A mulher afastou a cadeira que estava ao meu lado e a apontou para que David se sentasse."

"E você? Nem sequer tocou nele, no pobrezinho?"

"Depois a mulher se pôs a servir mais chá, enquanto nos observava de maneira dissimulada, atenta ao nosso encontro. David subiu na cadeira com esforço, mas não pude ajudá-lo. Ficou olhando para as próprias mãos. 'Ele tem que bocejar logo', disse a mulher bocejando profundamente, tapando a boca. Sentou à mesa também, com seu chá, e ficou olhando para ele com atenção. Perguntei como tudo havia saído. 'Melhor do que esperava', disse. A transmigração tinha levado parte da intoxicação e, dividida agora em dois corpos, perderia a batalha."

"O que isso significa?"

"Que David conseguiria sobreviver. O corpo de David e também David no seu novo corpo."

Olho para Carla e Carla também me olha, com um sorriso escancaradamente falso, como que de palhaço, que por um momento me confunde e faz pensar que tudo é uma longa piada de mau gosto. Mas ela diz:

"De modo que esse é o meu novo David. Esse monstro."

"Carla, não fica chateada, mas preciso saber o que Nina anda aprontando."

Ela concorda e volta a olhar as mãos sobre o volante. Eu me mexo, preparando-me para sair do carro, mas ela não ameaça vir atrás de mim. Hesito por um momento mas não acontece nada e agora me preocupo de verdade com Nina. Como posso medir minha distância de resgate se não sei onde ela está. Saio e caminho na direção da casa. Bate uma brisa, sinto-a nas costas e nas pernas suadas por causa do assento. Logo em seguida vejo Nina através do vidro, ela empurra uma cadeira da sala de estar para a cozinha, arrastando-a por detrás. Tudo está em ordem, penso, mas continuo a ir em direção à casa. Tudo está em ordem. Subo os três degraus da varanda, abro a porta de tela, entro e fecho. Ponho a tranca, pois sempre faço isso instintivamente, e com a testa apoiada contra a porta de tela fico olhando o carro, o coque avermelhado que surge por cima do banco do motorista, atento a qualquer movimento.

Ela chamou você de "monstro" e fiquei pensando nisso. Deve ser muito triste ser o que quer que você seja agora, e que além disso sua mãe chame você de "monstro".

Você está confusa, e isso não é bom para esta história. Sou um menino normal.

Isso não é normal, David. Está tudo escuro, e você me fala ao pé do ouvido. Eu nem sei se isso está acontecendo de verdade.

Está acontecendo, Amanda. Estou ajoelhado à beira da sua cama, em um dos quartos da salinha de emergência. Temos pouco tempo, e antes que o tempo acabe é preciso encontrar o ponto exato.

E Nina? Se tudo isso realmente está acontecendo, onde está Nina? Meu Deus, onde está Nina.

Isso não é importante.

Isso é a única coisa importante.

Não é importante.

Chega, David, não quero continuar.

Se não avançarmos, não tem sentido que eu continue a lhe fazer companhia. Vou embora, e você vai ficar sozinha.

Não, por favor.

Então o que está acontecendo agora no jardim? Você está na porta da casa, com a testa apoiada na porta de tela.

Sim.

E agora?

O coque de Carla se mexe um pouco atrás do banco, como se ela olhasse para os lados.

O que mais? O que mais está acontecendo neste exato momento?

Mudo o peso do meu corpo de uma perna para a outra.

Por quê?

Porque me alivia, porque ultimamente sinto que ficar em pé exige um esforço enorme. Uma vez contei isso para o meu marido, e ele disse que talvez eu andasse um pouco deprimida, isso foi antes de Nina nascer. Agora o sentimento é o mesmo, mas já não é o mais importante. Só estou meio cansada, digo isso a mim mesma, e às vezes me assusta pensar que os problemas de todos os dias possam ser um pouco mais terríveis para mim do que para o restante das pessoas.

E o que acontece depois?

Nina se aproxima e abraça minhas pernas.

"Que foi, mamãe?"

"Shhhhh."

Ela me solta e também encosta na tela. Então a porta do carro se abre. Carla põe uma perna para fora e depois a outra. Nina me dá a mão. Carla levanta, pega a bolsa e ajusta o biquíni. Temo que vire para cá e nos descubra, mas não faz isso, nem sequer cruza o jardim para pegar os chinelos, caminha diretamente rumo ao portão com a bolsa debaixo do braço. Direta e em linha reta, como se usasse um vestido longo que exigisse grande concentração ao caminhar. Somente quando sua mãe chega à rua e se perde detrás do pé de alfena, Nina me solta. Onde Nina está agora, David? Preciso saber.

Conte mais sobre a distância de resgate.

Varia de acordo com as circunstâncias. Por exemplo, nas primeiras horas que passamos na casa eu queria ter Nina sempre perto. Precisava saber quantas saídas havia, detectar os trechos mais lascados do piso, confirmar se o rangido da escada representava algum perigo. Mostrei esses pontos para Nina, que não é medrosa, porém é obediente, e no segundo dia o fio invisível que nos une se esticava outra vez, presente mas flexível, nos dando de tempos em tempos certa independência. Então a distância de resgate é importante?

Muito importante.

Sem soltar a mão de Nina caminhamos até a cozinha. Eu a sento num banquinho e preparo um pouco de salada com atum. Nina me pergunta se a mulher já foi embora, se tenho certeza, e quando lhe digo que sim, sai do banco, sai correndo da casa pela porta que dá para o jardim e faz a volta inteira dando risada, até entrar de novo. Leva menos de um minuto. Eu a chamo e ela senta diante do seu prato, come um pouco e sai para dar outra volta ao redor da casa.

Por que ela faz isso?

É um costume que pegou desde que chegamos, dá umas duas ou três voltas a cada almoço.

Isso é importante, pode ter a ver com os vermes.

Quando Nina passa por trás da janela panorâmica, encosta a cara no vidro e trocamos sorrisos. Gosto das suas explosões de energia, mas desta vez as voltas me deixam preocupada. Minha conversa com Carla tensionou o fio que nos liga e a distância de resgate voltou a ficar mais curta. Quão diferente você é agora do David de seis anos atrás? Que coisas tão terríveis fez para que sua mãe não aceite mais você como o próprio filho? Essas são as coisas que não deixo de me perguntar.

Mas não são as coisas importantes.

Quando Nina termina a salada vamos juntas até o carro, carregando as sacolas de compra vazias. Ela senta atrás, afivela o cinto de segurança e começa a fazer perguntas. Quer saber aonde foi a mulher quando desceu do carro, onde vamos comprar comida, se no povoado tem outras crianças, se pode tocar nos cachorros, se as árvores que existem ao redor da casa são todas nossas. Quer saber, sobretudo, ela pergunta ao prender agora a toupeira no cinto de segurança, se aqui as pessoas também falam nossa língua. O cinzeiro do carro está limpo e as janelas fechadas. Abro a minha e me pergunto em que momento Carla teria se preocupado com isso. Um ar fresco entra com o sol, que bate forte. Vamos devagar e tranquilamente, gosto de ir assim, e quando meu marido dirige é impossível. Este é o meu momento de dirigir, quando estou de férias, desviando do cascalho e da terra entre as chácaras de fim de semana e as casas locais. Na cidade não consigo, a cidade me deixa nervosa demais. Você disse que esses detalhes eram importantes.

Sim.

Doze longas quadras nos separam do centro e à medida que chegamos perto as casas ficam mais humildes e menores, pelejando já por seu lugar, quase sem jardins e com menos árvores. A primeira rua asfaltada é o bulevar que atravessa o centro de ponta a ponta, umas dez quadras. É asfaltada, sim, mas tem tanta terra que a sensação no carro pouco muda. É a primeira vez que fazemos este trajeto, e comento com Nina como é bom ter a tarde inteira pela frente para fazer compras e pensar no que vamos jantar. Tem uma feirinha de comida na praça principal e deixamos o carro para caminhar um pouco.

"Vamos deixar a toupeira no carro", digo para Nina.

E ela diz "sim, madame", pois gostamos de vez em quando de brincar de falar desse jeito, como senhoras ricas.

"Que acha, mademoiselle, de uma porção de amêndoas confeitadas?", pergunto, ajudando-a a descer do carro.

"Parece-nos ideal", diz Nina, convencida desde sempre de que o diálogo aristocrático é no plural.

Gosto disso do plural.

São sete banquinhas improvisadas sobre tábuas e cavaletes, ou em lonas sobre o chão. Mas é comida boa, das fazendas ou de produção artesanal. Compramos frutas, verduras e mel. O sr. Geser recomendou uma padaria na qual fazem pães integrais — parece que são famosos no povoado —, e também passamos por lá. Compramos três, para encher a pança. Os dois velhos atendentes dão para Nina um sonho recheado com doce de leite e quase choram de rir quando ela o experimenta e diz "que divino manjar, adoramos!". Perguntamos onde podemos conseguir algum brinquedo inflável para piscina e nos explicam como chegar até a Casa Lar. Precisamos ir até o outro lado do bulevar, cerca de três quadras em direção ao lago, e como temos energia de sobra, deixamos as compras no carro e seguimos caminhando. Na Casa Lar, Nina escolhe uma orca. É o único modelo disponível, mesmo assim ela o aponta sem rodeios, segura de sua decisão. Enquanto pago, Nina se afasta. Está em algum lugar atrás de mim, caminha entre as gôndolas de eletrodomésticos e os produtos de jardim, não a vejo mas o fio estica e eu poderia adivinhar facilmente por onde ela anda.

"Precisa de mais alguma coisa?", me pergunta a mulher do caixa.

Um grito agudo nos interrompe. Não é um grito de Nina, é a primeira coisa que penso. É agudo e entrecortado, como se um pássaro imitasse uma criança. Nina vem às pressas do corredor do material de cozinha. Está agitada, entre divertida e assustada, agarra minhas pernas e fica olhando o fim do corredor.

A caixa suspira resignada e dá a volta para sair do balcão. Nina puxa minha mão para eu seguir a mulher pelo mesmo corredor. Mais adiante, a mulher põe os punhos na cintura, parecendo estar chateada.

"O que foi que eu falei? O que conversamos, Abigail?"

Os gritos se repetem, entrecortados porém bem mais baixos, quase tímidos no final.

"Anda, vamos."

A mulher aponta a mão para o outro corredor e, quando dá meia-volta em nossa direção, uma mão pequenina a acompanha. Uma menina aparece lentamente. Penso que ainda está de brincadeira, pois manca tanto que parece um macaco, mas depois vejo que uma de suas pernas é muito curta, como se mal se prolongasse abaixo do joelho, mas mesmo assim tivesse um pé. Quando levanta a cabeça para nos olhar, vemos sua testa, uma testa enorme que ocupa mais da metade da cabeça. Nina me aperta a mão e solta sua risada nervosa. Tudo bem que Nina veja isso, penso. Tudo bem ela saber que nem todos nascemos iguais, para aprender a não se assustar. Mas penso secretamente que se aquela fosse minha filha eu não saberia o que fazer. É algo horroroso, e a história de sua mãe me vem à cabeça. Penso em você, ou no outro David, o primeiro David sem seu dedo. Isso é pior ainda, penso. Eu não teria força suficiente. Mas a mulher vem em nossa direção, arrastando-a com paciência, limpa sua cabeça sem cabelos, como se tivesse poeira, e lhe fala com doçura ao ouvido, dizendo algo sobre nós que não podemos escutar. Conhece essa menina, David?

Sim, conheço.

Tem alguma parte sua naquele corpo?

Isso é história da minha mãe. Nem você nem eu temos tempo para isso. Procuramos vermes, algo muito parecido com vermes, e o ponto exato em que tocam seu corpo pela primeira vez.

"Quem é, mamãe?"

Lá se foi o tratamento aristocrático. Quando elas se aproximam, Nina dá alguns passos para trás, quer que a gente se afaste. Arranjamos espaço nos apoiando contra os fornos. A garota tem a altura de Nina, mas eu não conseguiria dizer a idade dela, acho que é mais velha, talvez tenha a sua idade.

Não perca tempo.

Mas sua mãe deve conhecer essa menina, a menina e a mãe dela, e toda a história, penso, e continuo pensando nela quando a mulher dá a volta no balcão e, graças à altura, a menina desaparece detrás do móvel. A mulher aperta o botão da caixa registradora e me passa o troco com um sorriso triste, faz tudo isso com ambas as mãos, uma para o botão, outra para o meu dinheiro, e assim como um momento atrás eu me perguntava como podia segurar aquela menina pela mão, agora me pergunto como é possível soltá-la, e aceito o troco agradecendo muitas vezes, com culpa e remorso.

Que mais?

Voltamos para casa e Nina sente sono. A sesta tão tarde não é bom negócio, depois ela demora para dormir de noite, mas estamos de férias, por isso estamos aqui, lembro disso a mim mesma para relaxar um pouco. Enquanto guardo as compras, Nina adormece profundamente no sofá da sala de estar. Conheço seu sono e, se nada repentino a despertar, pode continuar assim por uma ou duas horas. E então penso na casa verde, e me pergunto se fica muito longe. A casa verde é a casa da mulher que atendeu você.

Sim.

Que o salvou da intoxicação.

Não é importante.

Como não? Essa é a história que precisamos entender.

Não, essa não é a história, isso não tem nada a ver com o ponto exato. Não se distraia.

É que eu preciso medir o perigo, sem essa medição fica difícil calcular a distância de resgate. Assim como ao chegar examinei a casa e os arredores, agora preciso ver a casa verde, entender a gravidade dela.

Quando você começou a medir essa distância de resgate?

É algo que herdei de minha mãe. "Quero você perto", ela me dizia. "Vamos manter a distância de resgate."

Sua mãe não importa, continue.

Agora me afasto da casa. Tudo vai sair bem, penso, certa de que a caminhada não levará mais que dez minutos. Nina dorme profundamente e sabe despertar sozinha e me esperar tranquila, é assim que fazemos em casa, quando desço um momento para fazer compras pela manhã. Caminho pela primeira vez na direção contrária ao lago, na direção da casa verde. "Cedo ou tarde algo ruim vai acontecer", dizia minha mãe, "e quando acontecer quero ter você por perto."

Sua mãe não importa.

Gosto de olhar as casas e os sítios, o campo, penso que poderia caminhar assim por horas.

É possível. Eu faço isso de noite.

E Carla permite?

É um erro falar de mim agora. Como é a caminhada, no seu corpo?

Caminho rápido, gosto quando a respiração se torna rítmica e se reduz aos pensamentos essenciais, pensar na caminhada e nada mais que isso.

Isso é bom.

Lembro do movimento da mão de Carla no carro. "Nós que moramos aqui saímos para o outro lado", ela disse. O braço esticou para a direita e a mão segurou o cigarro na altura de minha boca, o cigarro indicando a direção. Do lado de cá as casas têm muito mais terreno. Algumas têm até plantação, os lotes compridos se estendem para o fundo por até meio hectare, alguns poucos com trigo ou girassóis, quase todos com soja. Cruzando alguns quantos lotes mais, detrás de uma longa fileira de choupos, se abre para a direita um caminho mais estreito que acompanha um riacho pequeno mas profundo.

Sim.

Algumas casas mais humildes batem na margem do riacho, espremidas entre a corrente escura e fina de água e o alambrado do lote seguinte. A antepenúltima foi pintada de verde. A cor está desbotada mas ainda parece forte, insólita no resto da paisagem. Me detenho um segundo e um cachorro sai do pasto.

Isso é importante.

Por quê? Preciso entender quais coisas são importantes e quais não são.

O que acontece com o cachorro?

Respira agitado e balança a cauda, lhe falta uma pata traseira.

Sim, isso é muito importante, isso tem muito a ver com o que estamos procurando.

Cruza a rua, olha para mim por um momento e segue em direção às casas. Não tem ninguém à vista, e como o estranho sempre me parece uma advertência, dou meia-volta.

Agora vai acontecer alguma coisa.

Sim. Quando chego em casa, vejo Carla esperando na porta. Afasta-se da casa alguns passos e olha para cima, talvez para as janelas dos quartos. Usa um vestido vermelho de algodão e as alças do biquíni aparecem por cima dos ombros. Nunca entra na casa, me espera do lado de fora, do lado de fora conversamos e tomamos sol, mas se eu entro para buscar mais limonada ou para passar protetor solar, ela prefere esperar do lado de fora.

Sim.

Agora ela me vê e fica em pé. Quer me dizer alguma coisa e não sabe se deve se aproximar ou não. Parece não conseguir decidir o que é melhor. Então eu sinto, com uma clareza espantosa, o fio que se estica, a imprecisa distância de resgate.

Isso vai diretamente ao ponto exato.

Carla faz um gesto, levanta as mãos como se não entendesse o que está acontecendo. E tenho uma espantosa sensação de fatalidade.

"Que foi? O que está acontecendo?", pergunto gritando, agora quase correndo na direção dela.

"Está na sua casa. David está na sua casa."

"Como, na minha casa?"

Carla aponta a janela do quarto de minha filha, no primeiro andar. A palma de uma das mãos está apoiada no vidro, depois Nina aparece sorridente, deve estar em cima de um banco ou de sua escrivaninha, olha e acena para mim através do vidro. Parece alegre e tranquila, e por um momento agradeço que meu sentimento de fatalidade não funcione corretamente, que tudo tenha sido um alarme falso.

Mas não é.

Não. Nina diz algo que não consigo escutar, e repete outra vez, usando as mãos como megafone, excitada. Então me lembro de que ao sair deixei todas as janelas abertas, por causa do calor, e as janelas de cima e de baixo agora estavam totalmente fechadas.

"Está com a chave?", pergunta Carla. "Não consegui abrir nenhuma das duas portas."

Caminho para a casa, quase corro, e Carla corre atrás de mim.

"Precisamos entrar rápido", diz Carla.

Isso é uma loucura, penso, David é apenas um menino. Mas não consigo parar de correr. Procuro as chaves no bolso e estou tão nervosa que, embora já as tenha entre os dedos, não consigo terminar de retirá-las.

"Rápido, rápido", diz Carla.

Preciso me afastar dessa mulher, digo a mim mesma enquanto consigo puxar as chaves. Abro a porta e a deixo entrar atrás de mim, seguindo-me bem de perto. Isso é o próprio terror, entrar em uma casa que mal conheço procurando minha filha com tanto medo que não consigo nem sequer pronunciar o nome dela. Subo as escadas e Carla sobe atrás. O que de tão terrível pode estar acontecendo para que sua mãe enfim tenha coragem de entrar na casa.

"Rápido, rápido", diz.

Preciso tirar essa mulher agora mesmo da minha casa. Subimos o primeiro lance em dois ou três saltos, e depois o segundo. O corredor tem dois quartos de cada lado. Não tem ninguém no primeiro, de onde Nina acenava, e ainda permaneço um instante a mais que o necessário, pois tenho a impressão de que também poderiam estar escondidos. Tampouco estão no segundo quarto, olho pelos cantos e em lugares insólitos, como se, secretamente, minha mente se preparasse para enfrentar algo descomunal. O terceiro quarto é o meu. Como nos anteriores, a porta está fechada e a abro rapidamente, dando alguns passos para dentro do cômodo. É o David. Então esse é o David, digo a mim mesma. Vejo você pela primeira vez.

Sim.

Você está de pé no meio do quarto, olhando para a porta, como que nos esperando. Talvez esteja até se perguntando por que tanto alvoroço.

"Onde está Nina?", lhe pergunto.

Você não me responde.

Não sei onde Nina está nesse momento, e não conheço você.

"Onde está Nina?", repito aos gritos.

Minha excitação não o assusta nem surpreende. Você parece cansado, aborrecido. Se não fosse pelas manchas brancas na pele, seria um menino normal e comum. Foi isso o que pensei.

"Mami", é a voz de Nina.

Eu me viro para o corredor. Está agarrada à mão de Carla e olha para mim, assustada.

"Que foi?", diz Nina franzindo a testa, a ponto de chorar.

"Tudo bem? Você está bem, Nina?", pergunto.

Nina hesita, talvez porque esteja me vendo furiosa, indignada com Carla e com toda a loucura de Carla.

"Isso é uma loucura", digo para sua mãe, "você está completamente louca."

Nina se solta.

Você está sozinha, digo para mim mesma, é melhor tirar essa mulher o quanto antes da casa.

"Com David as coisas sempre acabam assim." Os olhos de Carla se enchem de lágrimas.

"David não fez nada!", e agora sim eu grito, agora sou eu quem pareço uma louca. "É você que está nos assustando com todo esse delírio de..."

Olho para você. Tem os olhos vermelhos, e a pele, ao redor dos olhos e da boca, é um pouco mais fina que o normal, um pouco mais rosada.

"Vai embora", digo para Carla, mas estou olhando para você.

"Vamos, David."

Sua mãe não o espera. Ela se afasta e desce as escadas. Desce altiva e elegante com seu vestido vermelho e seu biquíni dourado. Sinto a mão de Nina, pequena e suave, agarrar minha própria mão com cuidado. Você não se move.

"Vai com a sua mamãe", eu lhe digo.

Você não se recusa nem responde. Fica assim, como que desligado. Fico incomodada por você não se mexer, porém agora Carla me incomoda ainda mais e prefiro descer para me certificar de que ela saia da casa. Tenho que fazer isso devagar, esperando os passos de Nina, que não quer largar de mim. Já na cozinha, antes de sair, Carla vira para me dizer algo, mas meu olhar a dissuade e ela sai em silêncio. O ponto é esse?

Não, não é o ponto exato.

É complicado não saber exatamente o que procuro.

É alguma coisa no corpo. Mas é quase imperceptível, precisa estar atenta.

Por isso os detalhes são tão importantes.

Sim, por isso.

Mas como pude deixar que vocês se metessem tão rápido entre nós duas? Como pode ser que deixar Nina alguns minutos sozinha, dormindo, implique tamanho grau de perigo e de loucura?

Não é o ponto exato. Não vamos perder tempo com isso.

Por que é preciso ir tão rápido, David? Resta tão pouco tempo assim?

Muito pouco.

Nina ainda continua na cozinha, olhando desconcertada para mim, lutando sozinha com o susto. Ofereço um banco para ela se sentar e preparo o lanche. Estou muito nervosa, mas fazer coisas com as mãos me dá a desculpa para não lhe dar explicações, me dá tempo para pensar.

"O David também vai lanchar?", diz Nina.

Ponho água no fogo e olho para cima. Penso nos seus olhos, me pergunto se você ainda está parado no meio do quarto.

Por quê? Isso sim é importante.

Não sei, pensando agora, não é você quem me assusta.

O que é?

Você sabe o que é, David?

Sim, tem a ver com os vermes, estamos cada vez mais perto do ponto exato.

Eu me endireito no banco em alerta.

Por quê, o que está acontecendo?

Porque vejo você lá fora, no jardim, e não entendo por onde desceu. Fiquei atenta às escadas o tempo todo. Aproxima-se dos chinelos que Carla deixou por lá, os levanta, caminha até a beirada da piscina e os joga na água. Olha ao redor e encontra a toalha e o lenço de Carla, e também os joga na água. Minhas sandálias e meus óculos escuros estão perto dali, você os vê, mas não parece se interessar. Agora que está ao sol, descubro algumas manchas no seu corpo que não tinha visto antes. São sutis, uma cobre a parte direita da testa e quase toda a boca, outras manchas cobrem os braços e uma das pernas. Você se parece com Carla e penso que sem as manchas teria sido um garoto realmente lindo.

O que mais?

Fico mais calma. Porque você vai embora, e quando você parte, finalmente me acalmo. Abro as janelas, sento por um momento na poltrona da sala de estar. É um lugar estratégico, pois dali se vê o portão da entrada, o jardim e a piscina, e é possível ir acompanhando a cozinha do outro lado. Nina continua sentada comendo os últimos biscoitos, parece entender que não é um bom momento para dar suas voltas cheias de energia ao redor da casa.

E o que mais?

Tomo uma decisão. Percebo que não quero mais estar aqui. A distância de resgate agora está tão distendida que não acredito que possa me separar mais de alguns metros de minha filha. A casa, os arredores, o povoado inteiro me parece um lugar inseguro e não existe nenhuma razão para correr riscos. Sei perfeitamente que o próximo movimento vai me levar a fazer as malas e partir.

Está preocupada com o quê?

Não quero passar nem uma noite a mais na casa, mas partir em seguida significaria dirigir no escuro por horas demais. Digo a mim mesma que só estou assustada, que é melhor descansar e amanhã pensar nas coisas com mais tranquilidade. Mas é uma noite terrível.

Por quê?

Porque não durmo bem. Desperto várias vezes. Às vezes acho que é porque o quarto é grande demais. Da última vez que acordo ainda está escuro. Chove, mas não é isso que me assusta quando abro os olhos. São os reflexos roxos do abajur de cabeceira de Nina. Eu a chamo mas ela não atende. Saio da cama, visto o penhoar. Nina não está no quarto dela, nem no banheiro. Desço me agarrando ao corrimão, ainda estou muito sonolenta. A luz da cozinha está acesa. Nina está sentada à mesa, seus pezinhos descalços pendem da cadeira. Penso se serão assim as crianças sonâmbulas, se é isso que você faz de noite, quando Carla diz que encontra sua cama vazia e que você não está na casa. Mas claro, isso não é importante agora, não é?

Não.

Dou alguns passos na direção da cozinha e descubro que, do outro lado da mesa, está meu marido. É uma imagem impossível, como pode ser que não tenha ouvido ele entrar? Não deveria chegar antes do fim de semana. Apoio-me no umbral. Algo está acontecendo, algo está acontecendo, digo a mim mesma, mas ainda não consigo despertar completamente. Ele está com as mãos entrelaçadas sobre a mesa, está inclinado para Nina e a olha com a testa enrugada. Depois olha para mim.

"A Nina quer te dizer uma coisa", diz.

Mas Nina olha para o pai e copia o gesto das mãos dele sobre a mesa. Não diz nada.

"Nina...", diz meu marido.

"Não sou Nina", diz Nina.

Ela encosta no espaldar e cruza as pernas de um modo que nunca tinha feito antes.

"Fale para sua mãe por que você não é Nina", diz meu marido.

"É um experimento, dona Amanda", diz isso e empurra uma lata para mim.

Meu marido pega a lata e a gira, a fim de que eu possa ver o rótulo. É uma lata de ervilhas de uma marca que não compro, que nunca compraria. Maior que as nossas, de um tipo de ervilha muito mais duro, rústico e barato. Um produto que jamais escolheria para alimentar minha família e que Nina não pode ter tirado da nossa despensa. Sobre a mesa, àquela hora da madrugada, a lata adquire uma presença alarmante. Isso sim importa, não?

Isso importa demais.

Eu me aproximo.

"De onde saiu essa lata, Nina?", minha pergunta soa mais firme do que gostaria.

E Nina diz:

"Não sei com quem está falando, dona Amanda."

Olho para o meu marido.

"Com quem estamos falando?", ele lhe pergunta, continuando a brincadeira.

Nina abre a boca mas não sai nenhum som. Ela a mantém aberta por alguns segundos, muito aberta, como se gritasse ou, ao contrário, como se precisasse de uma grande quantidade de ar que não consegue encontrar, é um gesto espantoso que nunca a tinha visto fazer. Meu marido se inclina sobre a mesa na direção dela, um pouquinho mais. Acho que simplesmente não pode acreditar naquilo. Quando Nina afinal fecha a boca, ele, de supetão, volta a sentar, como se aquele tempo todo estivesse sendo erguido por um colarinho invisível, e agora o deixassem cair.

"Sou David", diz Nina, e sorri para mim.

É um jogo? Está de brincadeira?

Não, David. É um sonho, um pesadelo. Desperto agitada, agora sim completamente alerta. São cinco da manhã, e alguns minutos mais tarde já estou arrumando as três malas com que chegamos. Às sete quase tudo está pronto. Você gosta dos comentários, David.

São necessários. Ajudam a lembrar.

Só que de vez em quando penso na estranheza do meu medo, e acho ridículo já ter começado a botar as coisas no carro, com Nina ainda adormecida no quarto dela.

Você está tentando escapar.

Sim. Mas no fim não consigo, não é?

Não.

Por quê, David?

Isso é o que estamos tentando averiguar.

Subo até o quarto de Nina. Ainda restam algumas poucas coisas por lá, que enfio na mala dela enquanto tento despertá-la. Fiz um chá para ela, que trouxe com o pacote de biscoitos, e ela acorda e come na cama, ainda sonolenta, me vendo dobrar as últimas peças de roupa, guardar os lápis, empilhar os livros. Continua tão sonolenta que nem sequer insiste em saber aonde vamos, por que estamos voltando antes do planejado. Minha mãe disse que algo ruim aconteceria. Minha mãe tinha certeza de que, cedo ou tarde, aconteceria, e agora eu podia ver isso com toda clareza, podia sentir que avançava em nossa direção como uma fatalidade tangível, irreversível. Quase não há mais distância de resgate, o fio está tão curto que mal posso me mover no quarto, mal posso me afastar de Nina para chegar ao armário e pegar as últimas coisas.

"Levanta", lhe digo. "Vamos, agora."

Nina desce da cama.

"Ponha os sapatos. Vista este casaco."

Dou a mão para ela e descemos juntas as escadas da casa. Acima, o abajur de cabeceira de Nina e seus reflexos roxos permanecem acesos, abaixo vejo a luz da cozinha. Tudo é como no sonho, digo a mim mesma, mas enquanto eu segurar a mão de Nina, o corpo dela, estranhamente rígido, não estará me esperando na cozinha, ela não falará comigo com sua voz, não haverá uma lata de ervilhas na mesa.

Muito bem.

A luz começa a aparecer lá fora. Em vez de levar Nina até o carro, ponho ela para carregar coisas comigo a fim de que não se afaste. Também damos juntas a volta na casa fechando as cortinas.

Estão perdendo tempo.

Sim, eu sei disso.

Por quê?

Estou pensando. Enquanto fecho as cortinas penso em Carla, em você, e digo a mim mesma que faço parte dessa loucura.

Sim.

Quero dizer, que se eu realmente não me deixasse enganar pelos medos de sua mãe, nada disso aconteceria. Estaria levantando agora, vestindo o biquíni para aproveitar o sol das oito.

Sim.

Então também sou culpada. Eu confirmo, para sua mãe, a própria loucura dela. Mas não será assim.

Não?

Não. Por isso preciso dizer isso a ela.

Você está pensando em falar com Carla.

Em pedir desculpas por meus gritos de ontem, em convencê-la de que tudo está bem, de que precisa se acalmar.

É um erro.

Se não fizer isso, não vou partir tranquila, vou ficar lá na cidade pensando em toda essa loucura.

É um erro falar com Carla.

Desligo a chave geral de luz e fecho a porta principal da casa.

É o momento de sair do povoado, o momento é agora.

Deixo as chaves na caixa de correio, tal como o sr. Geser indicou que deveríamos fazer no último dia.

Só que você vai ver Carla.

É por isso que não consigo?

Sim, é por isso.

Saímos com o amanhecer. Venço alguns metros na direção contrária ao povoado e me detenho na sua casa. Nunca entrei na sua casa e preferia não fazer isso, de verdade. Então minha descoberta é uma boa notícia: a casa está às escuras, e lembro que é terça-feira. No campo tudo começa muito cedo, e talvez sua mãe já esteja no escritório de Sotomayor, a um quilômetro do povoado. É um alívio, tomo isso como um sinal de que estou fazendo a coisa certa. Nina está sentada atrás, observa em silêncio nos afastarmos da sua casa. Não parece preocupada. O cinto de segurança dela está preso, ela cruza as pernas como índio no assento, como sempre, e abraça a toupeira. As terras de Sotomayor começam com um casarão bem na frente e se estendem para os fundos, indefiníveis. Ainda não existe calçada. Mas há grama entre a rua e a casa. Nos fundos ficam dois galpões de tamanho médio, e sete silos muito além das primeiras plantações. Deixo o carro perto de outros estacionados onde termina a casa, em cima da pastagem. Peço para Nina descer comigo. A porta está aberta e entramos de mãos dadas. Tal como me disse Carla, a casa parece mais escritório que casa. Dois homens tomam mate, e uma mulher gorda e jovem assina papéis lendo os títulos de cada folha em voz baixa. Um dos homens concorda, como se acompanhasse mentalmente a atividade da mulher. Tudo se detém quando nos veem, e a mulher pergunta o que desejamos.

"Estou procurando Carla."

"Ah", volta a olhar para nós duas, como se da primeira vez não tivesse adiantado, "só um momentinho, ela já volta."

"Aceitam mate?" Os homens da mesa levantam o mate, me pergunto se algum deles será o senhor Sotomayor.

Não aceito e vamos até um sofá, mas Carla aparece. Ninguém a avisa sobre nós e ela se aproxima tão concentrada que não chega a nos ver. Está vestindo uma camisa branca engomada, e quase fico surpresa que as alças douradas de seu biquíni não estejam aparecendo.

Precisamos ir mais rápido.

Por quê? O que vai acontecer quando o tempo acabar?

Aviso quando for importante saber dos detalhes.

Carla se surpreende ao nos ver. Acha que algo está acontecendo, fica assustada. Olha para Nina de soslaio. Digo para ela que está tudo bem. Que gostaria de pedir desculpas por ontem, e que vou embora.

"Para onde?"

"Vamos voltar", digo, "vamos voltar para a capital."

Franze a testa e fico com pena, ou culpa, não sei.

"É um problema do meu marido, precisamos voltar."

"Agora?"

Partir sem nos despedir teria sido horrível para sua mãe, e apesar do incômodo fico satisfeita de ter ido vê-la.

Mas não é uma boa ideia.

Agora já foi feito.

Isso não é nada bom.

De um momento para o outro sua mãe muda por completo a expressão de pena. Quer que a gente conheça os estábulos de Omar. Estão abandonados, mas margeiam o terreno de Sotomayor e é fácil chegar até lá.

O que é importante está perto agora. Mais alguma coisa acontece? Ao redor, o que acontece?

Com certeza, mais alguma coisa acontece; do lado de fora, enquanto sua mãe tenta nos convencer. Escuto que um caminhão estaciona. Os dois homens que tomavam mate vestem luvas compridas, de plástico, e saem. Tem outra voz masculina do lado de fora, talvez a do motorista do caminhão. Carla diz que vai deixar alguns papéis e em seguida nos levará aos estábulos. E então se ouve um ruído. Algo cai, algo de plástico e pesado, que mesmo assim não quebra. Deixamos Carla e saímos. Lá fora os homens descarregam galões, que são grandes, e mal conseguem carregar um em cada mão. São muitos, o caminhão está abarrotado de galões.

É isso.

Um dos galões foi deixado sozinho na entrada do galpão.

Isso é o importante.

É isso o importante?

Sim.

Como isso pode ser o importante?

Que mais?

Nina senta na grama, perto do caminhão. Observa os homens trabalharem, parece encantada com a atividade.

O que os homens estão fazendo, exatamente?

Um está na caçamba do caminhão, e vai passando os galões. Revezando-se, os outros dois os recebem e levam para dentro. Utilizam outra porta, o portão de um galpão que fica um pouco mais adiante. São muitos galões, eles vão e voltam um monte de vezes. O sol está forte e bate uma brisa fresca bastante agradável. Penso que esta é a despedida e que talvez esta seja a maneira de Nina se despedir. De modo que sento ao lado dela e observamos juntas as manobras.

Que mais, enquanto isso?

Não lembro muito além disso, é tudo o que acontece.

Não, tem mais. Ao redor, perto. Tem mais.

Nada mais.

A distância de resgate.

Estou sentada a dez centímetros de minha filha, David, não há distância de resgate.

Tem que ter, Carla estava a um metro de mim naquela tarde em que o garanhão escapou e eu quase morri.

Tenho muitas perguntas para fazer a você sobre aquele dia.

Não é o momento. Não está sentindo nada? Nenhuma sensação que possa estar relacionada com mais alguma coisa?

Mais alguma coisa?

Que mais está acontecendo?

Carla demora a sair. Estamos bem perto de tudo, no meio de tudo, quase incomodando, mas as coisas acontecem lenta e amavelmente, os homens são agradáveis e sorriem para Nina de vez em quando. No momento em que os homens terminam de descarregar os galões, cumprimentam o motorista e o caminhão vai embora. Os homens voltam a entrar na casa, e nós nos levantamos da grama. Olho o relógio e são quinze para as nove. Entre uma coisa e outra faz tempo que começou o dia. Nina olha a própria roupa, dá uma volta para ver a parte de trás, as pernas.

Por quê? O que foi?

"O que foi?", pergunto para ela.

"Estou toda molhada", diz meio indignada.

"Vamos ver...", pego a mão dela e a faço dar meia-volta. A cor da roupa não ajuda a ver quão molhada ela está, então a toco e sim, está úmida.

"É o orvalho", digo para ela, "vai secar agora na caminhada."

É isso. Esse é o momento.

Não pode ser, David, não foi nada além disso.

Começa assim.

Meu Deus.

O que a Nina está fazendo?

Ela é tão linda.

O que está fazendo?

Ela se afasta um pouco.

Não a deixe se afastar.

Observa a grama. Toca-a com as mãos, não se conforma com sua pequena desgraça.

E a distância de resgate?

Está tudo bem.

Não.

Está com a testa franzida.

"Tudo bem, Nina?", lhe pergunto.

Ela cheira as mãos.

"Ruim demais", diz.

Carla sai da casa, enfim.

Carla não importa.

Mas caminho na direção dela, acho que ainda procuro dissuadi-la do passeio.

Não deixe Nina sozinha. Já está acontecendo.

Carla se aproxima com sua bolsa, sorridente.

Não se distraia.

Não consigo escolher o que acontece, David, não consigo me virar para Nina.

Está acontecendo.

Que foi, David? Meu Deus, o que é que está acontecendo?

Os vermes.

Não, por favor.

É algo muito ruim.

Sim, o fio está esticado, mas estou distraída.

O que é que a Nina tem?

Não sei, David, não sei! Falo com Carla como uma estúpida. Pergunto a ela o quanto vamos demorar.

Não, não.

Não consigo fazer nada, David. É assim que eu a perco? O fio está tão esticado que o sinto desde o estômago. O que está acontecendo?

Isso é o mais importante, isso é o que precisamos saber.

Por quê?

O que está sentindo agora, exatamente agora?

Eu também estou ensopada. Estou toda molhada, sim, agora eu sinto.

Não me refiro a isso.

Não importa que eu também esteja molhada?

Importa, mas não é isso o que é preciso entender. Amanda, esse é o momento, não se distraia. Procure para nós o ponto exato, pois queremos saber como começa.

Mas é que estou concentrada em outra coisa. Estou sentindo agora, sim, estou ensopada.

É muito gradual.

A brisa esfria a umidade e sinto os fundilhos das calças molhados. Carla diz que deve demorar uns vinte minutos, não mais, que é pertinho daqui, e eu olho instintivamente as calças.

Nina olha para você.

Sim.

Ela sabe que isso não é bom.

Mas é orvalho. Acho que é orvalho.

Não é orvalho.

O que é, David?

Chegamos até aqui para saber o que você está sentindo exatamente agora.

Só essa puxada no estômago, por causa do fio, e algo ácido, apenas, debaixo da língua.

Ácido ou amargo?

Amargo, amargo, sim. Mas é tão sutil. Meu Deus, é tão sutil. Começamos a caminhar, as três, cruzando a pastagem campo adentro. Nina está distraída, Carla lhe diz que também há uma cisterna e agora ela também está ansiosa para chegar lá. Isso muda o seu humor.

Em quanto tempo?

Em pouco tempo, ela esquece em pouco tempo. E eu também.

Vai se perguntar de novo com o que se molhou?

Não, David.

Vai cheirar suas mãos?

Não.

Não vai fazer nada?

Não, David, não vou fazer nada. Vamos caminhar e até vou me questionar se estou certa em ir embora. Conversamos, seguimos debaixo de sol com o capim até os joelhos, e é um momento quase perfeito. Carla me fala sobre Sotomayor, sua mãe tomou algumas decisões a respeito da organização dos pedidos e Sotomayor a parabenizou a manhã inteira.

Não percebe o que está acontecendo agorinha mesmo?

Não consigo perceber, David. Nina vê a cisterna e sai correndo. Os estábulos não têm mais teto, restaram apenas os tijolos queimados. É uma vista bonita, mas desoladora também, e quando pergunto a Carla como aconteceu o incêndio, ela parece contrariada.

"Eu trouxe mate", diz.

Digo para Nina ter cuidado. Fico surpresa com a vontade que me dá de tomar um mate, a pouca vontade que tenho de entrar no carro e dirigir quatro horas e meia até a capital. Voltar para a barulheira, para o lixo, para o congestionamento de quase todas as coisas.

Esse lugar realmente parece melhor para você?

Um grupo de árvores faz um pouco de sombra e nos sentamos nos troncos, perto da cisterna. Os campos de soja se estendem para os lados. Tudo é muito verde, um verde perfumado, e Nina me pergunta se não podemos ficar mais um pouco. Só mais um pouco.

Isso não me interessa mais.

"Muitas coisas aconteceram", digo para Carla.

Ela franze a testa enquanto bebe o mate, mas não pergunta a que me refiro.

"Quero dizer, desde que você começou a me contar sobre David."

Sério, isso não nos leva a nenhum lugar. Se você soubesse o quanto o tempo é valioso agora, não o usaria para isso.

Gosto desse momento. Estamos bem, as três tranquilas. Depois disso tudo começa a dar errado.

Quando exatamente começa a dar errado?

"O que aconteceu com David? Mudou tanto em quê?", pergunto para Carla.

"As manchas", diz Carla e dá de ombros, num gesto quase caprichoso, como de criança. "No começo, as manchas eram o que mais me incomodava."

Nina caminha ao redor da cisterna, de tantos em tantos passos ela estaca e se inclina sobre os tijolos na escuridão, diz o próprio nome, diz "amamos isso" no seu tom aristocrático, e o eco da voz soa um pouco mais grave. Diz "olá", "Nina", "olá, eu sou a Nina e amamos isso".

"Mas outras coisas também", diz Carla e me passa o mate, "você acha que estou exagerando e que eu deixo o menino maluco. Ontem quando você gritou comigo..."

Onde estão suas alças douradas, penso. Carla é linda. Sua mamãe, ela é linda demais, e alguma coisa na lembrança dessas alças me enternece. Eu me arrependo tanto de ter gritado com ela.

"As manchas saíram depois. Porque nos primeiros dias, apesar de a mulher da casa verde ter dito que David se salvaria, o corpo dele pegava fogo, delirava de febre, e não se acalmou antes do quinto dia."

"Como foi que ele se intoxicou?"

Carla voltou a dar de ombros.

"Acontece, Amanda, estamos num campo cercado de plantações. Toda hora alguém cai, e caso consiga se salvar, também ficará estranho. Podem ser vistos pela rua, quando aprende a reconhecê-los a gente se surpreende com a quantidade deles", Carla me passa o mate para alcançar seus cigarros. "A febre passou, mas David demorou muito a voltar a falar. Depois, pouco a pouco, começou a dizer algumas palavras. Estou falando sério, Amanda, ele falava de um jeito muito esquisito."

"Como, muito esquisito?"

"Esquisito pode ser bastante normal. Esquisito pode ser a frase 'isso não é importante' como resposta para tudo. Mas se o seu filho nunca respondeu assim antes, na quarta vez que você pergunta por que ele não está comendo, ou se está com frio, ou ao mandá-lo para a cama, e ele responde, quase mastigando as palavras, como se ainda estivesse aprendendo a falar, 'isso não é importante', eu juro para você, Amanda, que suas pernas tremem."

E isso não é importante, David? Não vai dizer nada a esse respeito?

"Talvez seja algo que ele tenha escutado a mulher da casa verde dizer", digo, "talvez seja parte do estado de choque, de tudo o que passou naqueles dias de febre."

"Também pensei algo parecido. Então um dia estou deitada na minha cama e o vejo no jardim dos fundos. Estava agachado de costas, não dava para entender muito bem o que estava fazendo, mas fiquei preocupada, eu não saberia dizer o motivo para você, mas algo nos movimentos dele me alarmou."

"Entendo perfeitamente."

"Sim, é uma coisa de mãe. Enfim, parei de fazer o que estava fazendo e saí. Dei alguns passos na direção dele, mas quando entendi o que estava acontecendo, fiquei onde estava, não consegui dar mais nem um passo. Ele estava enterrando um pato, Amanda."

"Um pato?"

"Tinha quatro anos e meio e estava enterrando um pato."

"Por que estava enterrando um pato? Eles vêm do lago?"

"Sim. Eu o chamei, mas ele me ignorou. Agachei, pois ele olhava para baixo, e queria ver seu rosto, queria entender o que estava acontecendo, não apenas com o pato, mas com ele. Estava com o rosto vermelho, os olhos inchados de tanto chorar. Arrancava terra com sua pazinha de plástico. O cabo quebrado meio jogado para lá e agora ele cavava só com a colher da pazinha, que era um pouco maior que sua mão. O pato estava de lado. Os olhos estavam abertos e, desse jeito jogado no chão, o pescoço parecia mais longo e flexível do que o normal. Tentei averiguar o que tinha acontecido, mas David não olhou para cima em momento algum."

Quero mostrar uma coisa para você.

Agora sou eu quem vai decidir em qual história é preciso se concentrar, David. Isso que sua mãe está contando não lhe parece importante?

Não.

Sua mãe fuma e Nina dá várias de suas voltas energéticas ao redor da cisterna. Agora isso é que será importante.

"Na verdade", diz sua mãe, "seu filho matar um pato a pauladas, ou afogá-lo, ou aniquilá-lo da maneira que o aniquilou, poderia não ser algo tão horrível. Essas coisas acontecem aqui no campo, e suponho que na capital aconteçam coisas piores. Alguns dias depois, porém, descobri o que aconteceu, vi tudo com meus próprios olhos."

"Mami", diz Nina, "mami", mas não presto atenção nela, estou concentrada em Carla e Nina volta a se afastar.

"Eu estava tomando sol no jardim dos fundos. Temos trigo plantado a cerca de dez metros. Não é nosso, Omar arrenda o terreno para os vizinhos e eu gosto, pois diminui o jardim, deixa o lugar mais íntimo. David estava sentado perto da espreguiçadeira, brincando no chão com as coisas dele. Então ficou em pé, olhando para a plantação. Eu o vi de costas para mim, pequeno e estranho com os braços pendendo do lado do corpo e os punhos fechados, como se uma coisa ameaçadora o tivesse alarmado de repente."

Sinto algo estranho nas mãos, David.

Nas mãos? Agora?

Sim, agora.

"David permaneceu imóvel, de costas, por uns dois minutos. É muito tempo, Amanda. E fiquei todo esse tempo pensando em chamá-lo, mas com medo de fazer isso. Então uma coisa se mexeu no milharal. E apareceu um pato. Caminhava de forma esquisita. Dava um ou dois passos em nossa direção e parava."

"Como se estivesse assustado?"

Escutei Nina correr ao redor da cisterna, dizer "amamos isso", "amamos isso", "amamos isso", sua risada e o eco de sua risada se aproximando e se afastando. Carla soltou a fumaça do cigarro e ainda continuou a pensar.

"Não. Como se estivesse esgotado. Eles se olharam, juro para você, David e o pato se olharam por alguns segundos. E o pato deu mais dois passos, cruzando uma pata diante da outra, como se estivesse bêbado, ou não conseguisse mais controlar seu corpo, e quando tentou o passo seguinte, tombou na terra, completamente morto."

Minhas mãos estão tremendo, David.

Estão tremendo?

Acho que sim. Não sei, estão tremendo. Talvez seja essa história de Carla.

Você acha que estão tremendo ou estão realmente tremendo?

Agora estou olhando para minhas mãos e não as vejo tremer. Tem a ver com os vermes?

Sim, tem a ver.

Olho minhas mãos mas sua mãe continua a falar. Diz que na manhã seguinte, enquanto lavava a louça, descobriu que havia mais três patos mortos no quintal, jogados no piso como no dia anterior.

Quero saber mais sobre o que está acontecendo com suas mãos.

Mas é verdade, David? Você matou aqueles patos? E agora sua mãe diz que você os enterrou todos, e que chorou cada uma das vezes.

"Vi tudo da janela, Amanda, um buraco ao lado do outro, e fiquei em pé aquele tempo todo com uma panela lavada pela metade na mão. Não tive forças para sair."

É verdade?

Eu os enterrei, enterrar não é matar.

Carla diz que tem mais coisa, que tem algo pior que também quer me contar.

Amanda, preciso que você preste atenção, tem algo que preciso lhe mostrar.

Diz que se trata de um cachorro, de um dos cachorros do sr. Geser.

Cada coisa que ela contar vai ser pior, mas se você não parar essa história agora, não teremos tempo para o que preciso lhe mostrar.

Estou confusa, agora só consigo me concentrar na história de Carla.

Está me vendo?

Sim.

Onde estou?

Tinha me esquecido, mas sim, você está aqui, sentado na beirada da minha cama. É alta, suas pernas pendem e, se você as mexer, o ferro sob o colchão solta rangidos. Fez barulho esse tempo todo.

Onde estamos?

Sei onde estamos. Na salinha de emergência, já faz algum tempo.

Sabe quanto tempo?

Um dia, cinco.

Dois.

E Nina? Onde Nina está agora? Os homens que carregam os galões sorriem quando passam perto de nós, são amáveis com ela, mas agora ela se levanta e me mostra seu vestido, as mãos, suas mãos estão ensopadas, mas não é de orvalho, não é?

Não. Você pode se levantar?

Sair da cama?

Vou descer.

O ferro range.

Está me vendo?

O que o faz pensar que não enxergo?

Bote as pernas para baixo.

Por que você está de pijama?

Se você der doze passos à frente chegamos ao corredor.

Onde Nina está? Meu marido sabe que estou aqui?

Se for necessário, posso acender as luzes.

Sua mãe diz que o cachorro chegou até as escadas da casa e ficou sentado ali quase uma tarde inteira. Diz que lhe perguntou pelo cachorro várias vezes, e que em cada uma das vezes você respondeu que o cachorro não era importante. Que você se trancou no quarto, que se recusou a sair. Diz que só quando o cachorro tombou assim como viu os patos tombarem, só então você saiu de casa, arrastou o cachorro até o quintal dos fundos, e o enterrou.

Caso seja necessário, pode se apoiar no meu ombro.

Por que Carla tem tanto medo?

Está vendo os desenhos nas paredes?

São desenhos feitos por crianças. Nina também faz desenhos.

Qual é a idade dessas crianças? Poderia dizer a idade delas?

David.

Sim.

Estou confusa, confundo os tempos.

Você já me disse.

Sim, mas por momentos compreendo com clareza o que está acontecendo.

Acredito que sim.

O que você vai me mostrar? Não sei se quero ver.

Cuidado com os degraus.

Mais devagar, por favor.

São seis degraus e o corredor continua em seguida.

Onde estamos?

São os quartos da salinha de emergência.

Parece um lugar grande.

Aqui tudo é pequeno, acontece que estamos indo devagar. Está vendo os desenhos?

Tem desenhos seus?

No final do corredor.

Também é uma creche?

Aqui estou com os patos, o cachorro e os cavalos, este é o meu desenho.

Quais cavalos?

Carla vai lhe contar sobre os cavalos.

Você vai me mostrar o quê?

Estamos quase chegando.

Sua mãe usa um biquíni dourado e quando se mexe no assento o perfume do seu protetor solar também se movimenta no carro. Agora percebo, ela faz o gesto de propósito, é ela quem solta a alça.

Ainda está me vendo? Amanda, preciso que se concentre, não quero começar outra vez desde o princípio.

Desde o princípio? Já fizemos isso outras vezes? Onde está Nina?

Vamos entrar por esta porta. Aqui.

Isso está acontecendo por causa dos vermes?

Sim, de alguma maneira. Vou acender a luz.

Que lugar é este?

Uma sala de aula.

É um jardim de infância, Nina ia gostar deste lugar.

Não é um jardim de infância. Eu chamo de "sala de espera".

Não estou me sentindo bem, aqui não é uma sala de espera, David.

O que você está sentindo agora?

Acho que estou com febre. É por isso que tudo está tão confuso? Acho que é por isso e também porque seu comportamento não ajuda.

Tento ser tão claro quanto é possível para mim, Amanda.

Não é verdade. Está faltando a informação mais importante para mim.

Nina.

Onde Nina está? O que é que acontece no momento exato? Por que tudo isso tem a ver com vermes?

Não, não. Não se trata de vermes. Parecem vermes, no princípio, no corpo. Mas Amanda, já passamos por isso também. Já falamos do veneno, da intoxicação. Você já me contou quatro vezes como chegou até aqui.

Não é verdade.

É verdade.

Mas eu não sei, ainda não sei.

Sabe. Mas não entende.

Estou perto de morrer.

Sim.

Por quê? Minhas mãos estão tremendo muito.

Não as vejo tremerem, já pararam de tremer, desde ontem.

No campo, estão tremendo agora que vejo Nina se aproximar de mim vinda da cisterna.

Amanda, preciso que você se concentre.

Carla me pergunta se estou entendendo agora, se eu no lugar dela não teria sentido a mesma coisa. E Nina já está perto demais.

Amanda, não se distraia.

Ela está com a testa franzida.

Ainda está me vendo?

"Que foi, Nina? Você está bem?"

Nina olha para as próprias mãos.

"Estão coçando muito", diz, "estão ardendo."

"Então Omar me acorda sacudindo meus pés", diz Carla. "Está sentado na cama, pálido e rígido. Pergunto-lhe o que aconteceu mas não responde, são cinco, seis da manhã, pois já tem bastante luz. 'Omar', lhe digo, 'Omar, que foi?' 'Os cavalos', ele diz. Eu juro para você, Amanda, ele disse isso de uma maneira aterrorizante. De vez em quando Omar dizia coisas duras, mas nenhuma soou como soaram aquelas duas palavras. Dizia coisas horríveis sobre David. Que não parecia um garoto normal. Que tê-lo em casa o incomodava. Não queria se sentar à mesa com ele. Praticamente não falava com ele. Às vezes despertávamos de noite e David não estava no seu quarto, nem em nenhuma parte da casa, e isso enlouquecia Omar. Acho que o assustava. Não dormíamos bem porque estávamos atentos demais aos ruídos. Nas primeiras vezes saímos para procurá-lo. Omar ia na frente com a lanterna, eu segurava nele por trás, na camiseta, e focava nos ruídos e em ficar sempre grudada nas costas dele. Uma vez, antes de sair, Omar catou uma faca e eu não falei nada, Amanda. O que eu poderia dizer, de noite o campo é escuro demais. Depois Omar começou a trancar o quarto do David com chave, trancava antes de nos deitarmos e abria de madrugada, antes de sair. Às vezes David batia na porta. Nunca chamava Omar. Batia na porta e dizia meu nome, não me chamava mais de mamãe. De maneira que Omar estava sentado na beirada da cama e quando consegui despertar e entender que algo estranho estava acontecendo, inclinei-me na direção da porta para ver o que ele olhava tão absorto. A porta do quarto do David estava aberta. 'Os cavalos', disse Omar. 'O que aconteceu com os cavalos?', perguntei."

"Estão coçando muito, mami", Nina me mostra as mãos, senta perto de mim. Me abraça.

Tomo as mãos dela e dou um beijo em cada uma. Ela vira as palmas para cima, para me mostrar. Carla pega um saco de biscoitinhos e larga um punhado sobre suas palmas.

"Isso cura tudo", diz.

E Nina fecha as mãos, toda feliz, e corre gritando o próprio nome na direção da cisterna.

"E os cavalos?", pergunto.

"Não estavam lá", diz Carla.

"Como, não estavam?"

"Perguntei a mesma coisa ao Omar, e ele disse que escutou um ruído no galpão, que despertou por causa disso. Viu que a porta de David estava aberta, lembrava muito bem de tê-la trancado, e levantou para ver o que estava acontecendo. A porta da casa também estava aberta e já surgia um pouco de luz do lado de fora. Que saiu assim, disse Omar, sem lanterna e sem faca. Olhou o campo, deu alguns passos se afastando da casa, e por um segundo demorou a entender o que parecia tão estranho. Continuava muito adormecido. Os cavalos não estavam lá. Nenhum dos cavalos. Havia apenas um potrinho, um que tinha nascido quatro meses antes. Parado sozinho no meio do campo, e Omar disse que, desde antes, quando ainda estava na casa, teve a certeza de que o animal estava duro de medo. Aproximou--se devagar. O potro não se moveu. Omar olhou para os lados, olhou para o riacho, para a rua, não havia nem rastro do restante dos cavalos. Botou a palma da mão na testa do potro, falou com ele e o empurrou um pouco, apenas para tocá-lo. Mas o potrinho não se mexeu. Continuava lá pela manhã, quando vieram o delegado e dois auxiliares, e lá continuava quando foram embora. Eu o observava da janela. Juro para você, Amanda, que não tinha nem coragem de sair. Mas você está bem?"

"Sim, por quê?"

"Está pálida."

"Omar sabia dos patos? Ou do cachorro do sr. Geser?"

"Sabia mais ou menos. Eu estava decidida a não contar nada, porém ele viu os montinhos de terra, os dos patos, e perguntou. Acho que Omar suspeitava de alguma coisa e preferia não saber. Quando aconteceu aquilo tudo da mulher da casa verde e os dias de febre, ele não perguntou nada. Ele simplesmente não estava interessado. Estava mais preocupado com a perda do seu bendito garanhão emprestado. Mas você está pálida, Amanda, seus lábios estão brancos."

"Estou bem. Algo deve ter me feito mal. Ando um pouco nervosa", digo pensando na discussão de ontem, e Carla olha de soslaio para mim, porém não diz nada.

Permanecemos um momento em silêncio. Quero perguntar pelos cavalos mas Carla agora presta atenção em Nina, e digo a mim mesma que é melhor esperar. Nina volta das árvores que estão perto da cisterna. Segura a saia do vestido como se fosse uma cesta e se agacha ao chegar, com gestos teatrais de uma princesa, enfileirando as pinhas sobre a terra.

"Gosto muito dela", diz Carla, "da Nina."

Sorrio, mas desconfio de algo mais por trás disso.

"Se tivesse podido escolher teria escolhido uma menina, uma como Nina."

Perto, a brisa move a soja com um som suave e efervescente, como se a acariciasse, e o sol já forte retorna uma e outra vez, entre as nuvens.

"Às vezes fantasio em ir embora", diz Carla, "em começar outra vida onde possa ter uma Nina para mim, alguém para cuidar e que se permita cuidar."

Quero falar com Carla, dizer-lhe algumas coisas, mas meu corpo está quieto e dormente. E fico assim por mais alguns segundos, sabendo que é o momento de falar, no entanto imóvel sob esse silêncio cômodo.

"Carla", digo.

Agora a soja se inclina na nossa direção. Imagino que dentro de alguns minutos me afastarei da casa alugada e da casa de Carla, deixarei o povoado e ano após ano escolherei outro tipo de férias, férias na praia e muito longe desta lembrança. E ela viria comigo, acredito nisso, que Carla viria se eu propusesse isso, sem nada além de suas pastas de arquivo e a roupa do corpo. Perto da minha casa compraríamos outro biquíni dourado, me pergunto se essas são as coisas das quais ela mais sentiria falta.

Está me vendo, está me vendo agora?

Sim. Mas estou no chão, e com dificuldades para seguir a história.

Não se levante, é melhor ficar mais um momento no chão.

Acho que também me deito no campo.

Carla deita você.

Sim, pois agora estou vendo as copas das árvores.

Porque ela lhe pergunta outra vez se está bem, mas você não responde. Põe a bolsa dela debaixo de sua cabeça, e lhe pergunta o que tomou de café da manhã, se costuma ter pressão baixa, se está escutando.

Como você sabe que é isso que está acontecendo? Estava escondido por ali?

Agora isso não importa.

Ou é por causa disso que você falou, que já falamos, do veneno, da intoxicação, que já lhe contei como cheguei aqui outras vezes?

Amanda.

E Nina?

Nina as observa da cisterna. Deixou as pinhas esparramadas por ali e já não resta nada de seu gesto teatral.

É verdade, não resta nada de seu gesto teatral.

Carla espera, mas você não diz nada.

Mas estou desperta.

Sim, mas não está bem.

Minhas mãos tremem, já lhe disse isso.

Nina corre até vocês. Carla se adianta e vai até ela. Distrai Nina por um momento. Diz a ela que você adormeceu e que é melhor a deixarem descansar. Pede a Nina que lhe mostre a cisterna.

Nina desconfia.

Sim, desconfia.

Sinto que a distância de resgate está ajustada e é por isso que Nina desconfia.

Mas você não pode fazer nada.

Não posso, não.

Se Carla vai procurar ajuda, tem que deixar você sozinha, ou deixá-la com Nina. Acho que Carla pensa nisso agora, e não sabe muito bem o que fazer.

Estou tão cansada, David.

Agora é um bom momento para nós.

Eu adormeço. Carla percebe e me deixa um instante, enquanto distrai Nina.

Por isso é um bom momento. Você está vendo?

Vendo o quê?

Os nomes, na parede da sala de espera.

São das crianças que vêm a esta sala?

Algumas não são mais crianças.

Mas é sempre a mesma letra.

É a letra de uma das enfermeiras. Não conseguem escrever, quase nenhuma delas.

Não sabem?

Algumas sabem, chegaram a aprender, mas não controlam mais seus braços, ou não controlam mais a própria cabeça, ou estão com a pele tão fina que, se apertam demais os lápis, os dedos acabam sangrando.

Estou cansada, David.

O que está fazendo? Não é uma boa ideia parar agora. Ainda não. Aonde você vai? Amanda. Essa porta não pode ser aberta por dentro, nenhuma de nossas portas pode ser aberta por dentro.

Eu preciso que você pare. Estou esgotada.

Se você se concentrar, as coisas acontecem mais rápido.

Então também acabam mais rápido.

Não é tão ruim morrer.

E Nina?

É isso o que queremos saber agora, não? Sente-se. Por favor, Amanda, sente-se.

Meu corpo dói muito, por dentro.

É a febre.

Não é a febre, nós dois sabemos que não é a febre. Me ajuda, David, o que está acontecendo agora no estábulo?

Carla e Nina brincam um pouco ao redor da cisterna.

Às vezes abro os olhos e as vejo. Carla abraça Nina constantemente, e a distância de resgate segue distendida no meu estômago, me acordando vez ou outra. O que está acontecendo, David? Me diz o que está acontecendo no meu corpo, me diz, por favor.

Eu sempre lhe digo, Amanda, mas é difícil se toda hora você pergunta de novo.

É como se eu estivesse sonhando.

O tempo passa, e em algum momento você reúne forças, e se senta. Surpreendidas, as duas olham para você.

Sim.

Elas se aproximam e Carla acaricia sua testa.

Tem um perfume muito doce.

Nina olha para você sem se aproximar demais, talvez comece a entender que você não está bem. Carla diz que irá buscar o carro, dá risada para aliviar a situação, diz a si mesma em voz alta que tudo isso serve apenas para que enfim ela crie coragem para dirigir sozinha, e para que você enfim se anime a tomar algo na casa dela. Vai lhe dar uma limonada gelada com gengibre, e isso vai curar tudo.

Isso não vai curar nada.

Não, não vai curar nada. Mas você se sente um pouco melhor, o mal-estar vai e volta, é sempre assim no começo. Carla diz a Nina que vai deixá-la no comando enquanto traz o carro. Explica a Nina que chegará pelo outro lado, pela estrada de terra.

Nina se aproxima de mim, senta e me abraça.

Carla demora para voltar.

Mas Nina está tão perto que não me importo, e ficamos assim por um bom tempo. Está deitada, colada ao meu corpo, fecha os punhos e os leva até os olhos, como se fossem binóculos.

"Amamos muito as copas das árvores", diz.

Mas você está pensando na noite.

Na primeira noite na casa, sim, pois abraçar Nina me recorda dos meus primeiros medos. Pergunto-me se terá havido neles alguma advertência. Começo a caminhar e a lanterna desenha uma forma oval na frente dos pés. Se ilumino à frente, para ver o que tem um pouco além, fica difícil saber onde piso. O som das árvores, os carros na estrada, de tanto em tanto, e o latido de algum cachorro confirmam que o campo se abre imensamente para os lados e que tudo fica a quilômetros de distância. E no entanto, cega pela forma oval luminosa, caminho com a sensação de estar entrando numa caverna. Curvo-me, e avanço dando passos curtos.

E Nina?

Tudo isso se refere a Nina.

Onde está Nina, durante essa primeira caminhada?

Dorme na casa, profundamente, mas não consigo dormir, não na primeira noite. Antes preciso saber o que rodeia a casa. Se há cachorros e se são confiáveis, se há valas e quão profundas são, se há insetos peçonhentos e cobras. Preciso me adiantar a qualquer coisa que possa ocorrer, mas está tudo muito escuro e não consigo me acostumar. Achava outra coisa da noite.

Por que as mães fazem isso?

Isso o quê?

Isso de se adiantar em relação ao que poderia acontecer, isso da distância de resgate.

Porque cedo ou tarde acontecerá algo terrível. Minha avó ensinou minha mãe, durante toda a infância dela, minha mãe ensinou a mim, durante toda a minha infância, e eu tenho que cuidar de Nina.

No entanto o importante lhes escapa.

E o que é importante, David?

Nina senta, procura com seus binóculos o horizonte. Seu próprio carro chega vindo do outro lado dos estábulos.

Por um momento imagino que é meu marido, imagino que vai descer e dar um abraço em cada uma, e eu poderei dormir tranquila a viagem inteira, até chegar à minha cama da cidade.

Mas é Carla, desce e caminha até vocês.

Está descalça e com seu biquíni dourado, dá voltas na piscina e pisa na grama meio apreensiva, como se não estivesse acostumada ou lembrasse da textura com um pouco de desconfiança, esquece os chinelos na escada da piscina.

Não, Amanda, isso foi antes. Agora Carla rodeia os estábulos.

Porque estou no chão.

Exatamente.

Mas sempre lembro de Carla descalça.

Ela desce do carro e deixa a porta aberta, aproximando-se rapidamente, à espera de que Nina dê algum sinal indicando como vão as coisas, mas agora Nina está de costas, sentada aos seus pés, sem tirar os olhos de cima de você. Carla a ajuda a se levantar, diz que sua cara está melhor, carrega as coisas e dá a mão para Nina. Ela vira para ver se você a segue, e brinca com você.

Carla.

Sim, Carla.

É verdade, me sinto melhor. E outra vez estamos as três no carro, como no começo, com sua mãe sentada no assento do motorista. O motor do carro morre algumas vezes, mas finalmente sua mãe consegue sair de marcha a ré. Minha mãe dizia que o campo é o melhor lugar para aprender a dirigir. Eu aprendi no campo, quando era pequena.

Isso não é importante.

Sim, já imaginava isso.

Carla não se sente muito à vontade para dirigir.

Mas dirige bem. Apesar de não pegarmos a direção que eu esperava.

"Aonde vamos, Carla?"

Nina está sentada atrás. Está pálida, agora percebo, e suada. Pergunto-lhe se está se sentindo bem. Suas pernas estão cruzadas como as de um índio, como sempre, e como sempre está com o cinto de segurança preso, embora eu não tivesse pedido. Faz um esforço para se esticar na nossa direção. Assente de um modo estranho, muito lentamente, e a distância de resgate é tão curta que o corpo dela parece se esticar a partir do meu quando se deixa cair no assento. Carla se ajeita uma e outra vez, mas não consegue relaxar. Olha para mim de soslaio.

"Carla."

"Vamos para a salinha, Amanda. Quem sabe temos sorte e aparece alguém que possa te examinar."

Mas na salinha lhe dizem que está tudo bem, e meia hora mais tarde já estão outra vez a caminho de casa.

Mas, por que esse salto? Estávamos seguindo essa história passo a passo. Você está se adiantando.

Isso tudo não é importante, e quase não nos resta mais tempo.

Preciso rever tudo.

O importante já passou. O que segue agora são apenas consequências.

Então por que a história continua?

Porque você ainda não está entendendo. Ainda precisa entender.

Eu quero ver o que acontece na salinha.

Não deixe a cabeça baixar, assim fica mais difícil respirar.

Quero ver o que está acontecendo agora.

Vou trazer uma cadeira.

Não, é preciso rever, ainda estamos no carro a caminho da salinha. Faz muito calor e os sons se apagam gradualmente. Quase não escuto o motor e me surpreende que o carro avance tão suave e silenciosamente sobre o cascalho. Uma náusea me leva a me inclinar para a frente por um momento, mas passa. Minha roupa está grudada no corpo e o reflexo brilhante do sol sobre o capô me obriga a meio que fechar os olhos. Carla não está mais sentada ao volante. Não vê-la me assusta, me desconcerta. Abre minha porta e suas mãos me agarram, me puxam. As portas se fecham sem emitir nenhum barulho, como se não acontecesse de verdade, entretanto vejo tudo de muito perto. Eu me pergunto se Nina virá atrás de nós, mas não consigo verificar isso nem perguntar a respeito em voz alta. Vejo meus pés avançarem e me questiono se sou eu quem os move. Caminhamos por este mesmo corredor, o que está às minhas costas, do lado de fora da sala de aula.

Apoie a cabeça aqui.

Nina diz algo sobre os desenhos, me tranquiliza escutar sua voz. A nuca de Carla se afasta alguns passos à minha frente. Me sustento sozinha, digo a mim mesma, e a imagem de minhas mãos apoiadas na parede, sobre os desenhos, traz de volta a forte coceira na pele. Carla está bem perto, diz meu nome e alguém pergunta se sou do povoado. Seu cabelo está preso num coque e parte do colarinho da camisa branca está meio manchada de verde. É por causa da grama, não? Outra voz de mulher diz para entrarmos e ali está, ali sinto a mão de Nina. Eu a agarro com força e é ela quem me leva agora. É uma mão muito pequena, mas confio nela, digo a mim mesma que, instintivamente, ela saberá o que fazer. Entro num quarto pequeno e me sento na maca. Nina pergunta o que fazemos aqui, e percebo que ela andou perguntando o que está acontecendo durante toda a viagem. O que necessito é voltar a abraçá-la, mas não posso nem sequer lhe responder. Me custa dizer o que tenho a dizer. A mulher, que é enfermeira, verifica minha pressão, mede minha temperatura, examina minha garganta e as pupilas. Pergunta se minha cabeça dói e eu penso que sim, que dói bastante, mas é Carla quem confirma isso em voz alta.

"Sinto uma enxaqueca atroz", digo, e as três ficam olhando para mim.

É uma dor pesada que dá pontadas, da nuca até as têmporas, reconheço isso agora que disseram e não posso mais sentir outra coisa.

Quantas horas já se passaram?

Desde quando?

Desde o que aconteceu no escritório do Sotomayor.

Umas duas horas desde que saímos do escritório. Onde você estava, David?

Eu estava aqui, esperando você.

Estava na salinha?

Como você se sente agora?

Melhor, me sinto melhor. Porque sinto bastante alívio de estar num lugar sem tanta luz.

Mas ainda faltam algumas horas, precisamos seguir adiante. Tem alguma coisa importante acontecendo neste momento?

Quando digo que estou com enxaqueca, Nina diz que ela também está. E quando digo que estou enjoada, Nina diz que ela também está. A enfermeira nos deixa sozinhas por um momento e sua mãe diz a si mesma que fez muito bem em nos trazer. Se a sua mãe fosse uns cinco anos mais velha poderia ser mãe das duas. Nina e eu poderíamos ter a mesma mãe. Uma mãe bonita, mas cansada, que agora se senta por um momento e suspira.

"Onde o David está, Carla?", lhe pergunto.

No entanto ela não se assusta nem olha para mim, e me custa saber se realmente estou dizendo o que penso, ou se as perguntas ficam só na minha cabeça, mudas.

Sua mãe desmancha o coque do cabelo, usa as mãos como dois grandes pentes, os dedos finos e esticados.

"Por que você não está com ele, Carla?"

Ela mexe no cabelo com um gesto distraído. Estou sentada na maca e Nina está sentada junto a mim. Não sei quando ela subiu mas parece estar ali faz um bom tempo. Minhas mãos estão ao lado de minhas pernas, agarradas na beira da maca, pois por alguns momentos acredito que poderia cair. Nina está na mesma posição, mas apoiou uma de suas mãos sobre a minha. Olha o chão em silêncio. Me pergunto se também estará desorientada. A enfermeira volta cantarolando uma canção e, cantarolando, de vez em quando ela abre algumas gavetas e conversa com Carla, que volta a enrolar o coque. A enfermeira quer saber de onde somos, e quando Carla diz que não somos do povoado a enfermeira deixa de cantarolar e fica olhando para nós, como se por causa dessa informação tivesse que reiniciar a consulta do zero. Usa um colar com três figuras douradas: duas meninas e um menino, e os três estão muito juntos, quase um sobre o outro, apertados entre seus peitos enormes.

Todos os dias uma das crianças dessa mulher vem até esta sala de espera.

"Não precisa se preocupar", diz. Volta a abrir as mesmas gavetas e retira um blister, "estão apenas com um pouco de insolação. O importante é descansar: voltar para casa, descansar e não se assustar".

Tem uma pequena pia mais para lá, na qual ela serve dois copos d'água e dá um para cada uma, e para cada uma dá também um comprimido. Pergunto a mim mesma o que estarão fazendo Nina tomar.

"Carla", digo, e ela se vira para mim com surpresa, "precisa ligar para o meu marido."

"Sim", diz Carla, "andei falando sobre isso com Nina", e seu tom condescendente me incomoda, fico irritada que não se levante imediatamente para fazer o que enfim consegui pedir que fizesse.

"Tomem um comprimido a cada seis horas, muito cuidado para não tomar sol, e deitem para uma soneca em algum cômodo às escuras", diz a enfermeira, e passa o blister para Carla.

Sobre a minha mão, a mão de Nina ainda parece querer me segurar. Sua mão está pálida e suja. O orvalho está seco e as marcas de barro cruzam sua pele de uma ponta a outra. Não é orvalho, claro, mas você não me corrige mais. Estou tão triste, David. Fico assustada quando passa tanto tempo sem você dizer nada. Toda vez que você poderia dizer algo mas não diz, me pergunto se não estarei falando sozinha.

Demoram para voltar ao carro. Carla as conduz pela mão, uma de cada lado. Você ou Nina param de vez em quando, e então o grupo espera. Depois, no caminho, o cascalho mantém Carla agarrada ao volante em silêncio. Nenhuma das três diz nada quando passam pela porta da casa que você deixou esta manhã e os cachorros do sr. Geser cruzam a toda velocidade por debaixo das cercas para correr e latir para o carro. Estão furiosos, mas nem você nem Carla parecem notá-los. O sol já está completamente no alto e dá para sentir o calor vindo do chão. Mas nada de importante acontece, nem nada de importante vai acontecer a partir de agora. E começo a acreditar que você não vai compreender, que continuar avançando não tem sentido.

Mas as coisas continuam a acontecer. Carla estaciona perto dos três choupos da casa dela, e há muitos outros detalhes que você gostará de escutar.

Não vale mais a pena.

Sim, vale sim. Carla aperta o botão do cinto de segurança e o cinto volta ao lugar como um chicote, e com o ricochetear minha percepção da realidade também volta com nitidez. Nina está adormecida no assento traseiro, está pálida e, apesar de eu dizer seu nome algumas vezes, não desperta. Agora que seu vestido está completamente seco vejo as manchas no tecido desbotado, enormes e amorfas, como a imagem congelada de um grande cardume de medusas.

De verdade, Amanda, não tem sentido.

Tenho uma intuição, é preciso continuar.

"Vou levar esta belezura na minha garupa", diz sua mãe abrindo o assento traseiro, passando o braço de Nina por trás do seu ombro e tirando-a do carro. "Vocês duas vão tirar uma bela soneca."

Preciso ir embora daqui, penso. Isso é tudo o que penso enquanto a vejo fechar com a ponta do pé a porta do carro, com dificuldade, e caminhar para a casa com minha filha nos braços. A distância de resgate se distende e o fio que nos prende também me põe em pé. Vou atrás delas sem perder de vista o bracinho de Nina, que pende nas costas de Carla. Não tem grama ao redor da casa, tudo é terra e poeira. A casa em frente e um pequeno galpão ao lado. Ao fundo dá para ver as cercas que devem ter sido para os cavalos, mas não há nenhum animal por ali. Procuro por você. Fico preocupada com a possibilidade de encontrá-lo pela casa. Quero recuperar Nina e subir outra vez no carro. Não quero entrar. Mas preciso tanto sentar, preciso tanto escapar do sol, tomar algo fresco, e meu corpo entra atrás do corpo de Nina.

Isso não é importante.

Já sei, David, mas você vai escutar tudo mesmo assim. Meus olhos demoram para se acostumar ao escuro da casa. Há poucos móveis e muitas coisas. Coisas tão feias e inúteis, adornos de anjinhos, tupperwares coloridos e grandes empilhados como gaveteiros, pratos dourados e prateados colados na parede, flores de plástico em vasos enormes de cerâmica. Tinha imaginado outra casa para sua mãe. Agora Carla senta Nina no sofá. É um sofá de vime com almofadões. Diante de mim, no espelho oval, me vejo corada e suada, e vejo às minhas costas as fitas plásticas da cortina da porta de entrada, e mais além os choupos e o carro. Carla diz que vai preparar a limonada. A cozinha se abre à esquerda, vejo que ela retira uma fôrma de gelo do congelador.

"Teria arrumado a casa se soubesse que você viria", diz se esticando para alcançar dois copos da prateleira.

Dou dois passos para a cozinha e já estou quase perto de Carla. Tudo é pequeno e escuro.

"E teria feito algo mais gostoso. Falei para você dos biscoitos amanteigados que faço, está lembrada?"

Sim, me lembro. Falou sobre isso no dia em que nos conhecemos. Nina e eu tínhamos chegado naquela manhã, meu marido só chegaria no sábado. Eu estava verificando a caixa de correio, pois o sr. Geser disse que deixaria ali um segundo jogo de chaves, para qualquer eventualidade, quando vi sua mãe pela primeira vez. Vinha de sua casa com dois baldes de plástico vazios, e me perguntou se eu também tinha sentido o cheiro na água. Hesitei, pois havíamos tomado um pouco logo que chegamos, sim, mas tudo era novo e tinha cheiro diferente e era impossível para nós sabermos se isso era ou não um problema. Carla assentiu, preocupada, e seguiu pelo caminho que margeava o lote da nossa casa. Quando voltou eu já estava acomodando nossas coisas na cozinha. Pela janela a vi largar os baldes para abrir o portão, e depois voltar a largá-los para fechá-lo. Era alta e magra, e embora carregasse o peso de um balde de cada lado, agora aparentemente cheios, avançava empinada e elegante. Suas sandálias douradas desenharam uma linha caprichosamente reta, como se ensaiasse algum tipo de passo ou de movimento, e somente quando chegou à varanda levantou a vista e nos olhamos. Queria deixar um dos baldes comigo. Disse que era melhor não usar a água naquele dia. Insistiu tanto que acabei aceitando e por um momento me perguntei se devia lhe pagar ou não pela água. Por medo de ofendê-la lhe ofereci, em troca, fazer umas limonadas geladas para as três. Bebemos do lado de fora, com os pés enfiados na água da piscina.

"Faço uns biscoitos amanteigados deliciosos", disse Carla, "cairiam muito bem com essas limonadas."

"Nina ia amar", falei.

"Sim, nós amaríamos", disse Nina.

Na cozinha da sua casa me deixo cair na cadeira, perto da janela. Sua mãe me passa o chá gelado e o açúcar.

"Ponha muito açúcar", diz Carla, "para despertar."

E como Carla vê que não faço isso, senta na outra cadeira e ela mesma põe. Mexe e me olha de lado.

Eu me pergunto se serei capaz de chegar sozinha até o carro. Então vejo as covas. Simplesmente olho para fora e as reconheço.

São vinte e oito covas.

Sim, vinte e oito covas. E Carla sabe que estou olhando para elas. Empurra o chá para mim, não o vejo, mas sua proximidade gelada me enche de asco. Não vou conseguir, penso. Lamento a desfeita que faço a sua mãe, mas vai ser impossível beber algo e, no entanto, sinto tanta sede. Carla espera. Mexe o próprio chá e permanecemos um momento em silêncio.

"Sinto muita falta dele", diz afinal, e demoro tanto a entender do que ela está falando. "Verifiquei todos os garotos da idade dele, Amanda. Todos." Eu a deixo falar e conto outra vez as covas. "Eu os sigo às escondidas de seus pais, falo com eles, pego-os pelos ombros para olhar bem nos olhos."

Precisamos avançar. Estamos perdendo tempo.

Agora sua mãe também olha para o pátio dos fundos.

"E são tantas covas, Amanda. Estendo a roupa olhando sempre para o chão, pois se piso num daqueles calombos..."

"Preciso ir para o sofá", digo.

Sua mãe se levanta de imediato e me acompanha. Com um último esforço me deixo cair no sofá.

Quando eu disser três, você me ajuda a te levantar.

Carla me acomoda.

Um.

Me passa um almofadão.

Dois.

Estico meu braço e, antes de adormecer por completo, abraço Nina e a aperto contra meu corpo.

Três. Segure na cadeira, assim. Sente-se. Está me vendo? Amanda?

Sim. Estou muito cansada, David. E tenho uns pesadelos espantosos.

Está vendo o quê?

Não aqui, aqui estou vendo você, seus olhos estão muito vermelhos, David, e quase não têm mais cílios.

Nos pesadelos.

Vejo seu pai.

É porque você está na casa. Está de noite e meus pais estão vendo as duas deitadas no sofá, e discutem.

Sua mãe verifica minha bolsa.

Ela não está fazendo nada errado.

Sim, eu sei, acho que procura alguma coisa. Eu me pergunto se finalmente vai ligar para o meu marido. Isso é tudo o que ela deveria fazer. Já disse isso o suficiente?

Você disse no princípio, e agora ela tenta encontrar algum número de telefone.

Seu pai senta diante do sofá e olha para nós. Olha meu chá ainda intacto sobre a mesa, olha meus sapatos, que sua mãe tirou e deixou ao lado do sofá, olha as mãos de Nina. Você se parece bastante com seu pai.

Sim.

Ele tem os olhos grandes, e embora preferisse que não estivéssemos ali, não parece assustado. Às vezes pego no sono e agora as luzes estão apagadas e está tudo escuro, é de noite e eles não parecem estar na casa. Acho que estou vendo você. Estou vendo? Você está perto da cortina de plástico mas não tem mais luz por trás, não dá mais para ver os choupos nem as plantações. Agora sua mãe passa perto de mim e abre a janela que dá para os fundos. Por um momento o ar cheira a lavanda. Escuto a voz do seu pai. Agora tem mais alguém. É a mulher da salinha de emergência. Está na sua casa e sua mãe se aproxima com um copo d'água. Pergunta para mim como me sinto. Faço um esforço e me levanto, engulo outro comprimido do blister, também dão um para Nina, que parece estar um pouco melhor e me pergunta algo que não consigo responder.

O efeito vai e volta, vocês estão intoxicadas.

Sim. Mas por que então nos dão algo para insolação?

Porque a enfermeira é uma mulher idiota demais.

Depois volto a dormir.

Por várias horas.

Sim. Mas o filho da enfermeira, os garotos que vêm a esta sala de aula, esses garotos estão intoxicados? Como pode uma mãe não perceber?

Nem todos sofreram intoxicações. Alguns já nasceram envene-nados, por causa de alguma coisa que suas mães aspiraram no ar, devido a uma coisa que comeram ou tocaram.

Desperto de madrugada.

Nina desperta você.

"Vamos embora, mami?", diz e me sacode.

E me sinto tão agradecida; é como uma ordem, é como se acabasse de salvar a vida de nós duas. Ponho um dedo nos lá-bios dela para indicar que devemos fazer silêncio.

Vocês estão se sentindo um pouco melhor, mas é um efeito que vai e volta.

Ainda estou muito enjoada e preciso tentar algumas vezes antes de conseguir ficar em pé. Meus olhos coçam e eu os es-frego algumas vezes. Não sei como Nina se sente. Amarra seus cadarços, apesar de ainda não saber amarrar muito bem. Está pálida, mas não chora nem diz nada. Já estou de pé. Para firmar, me escoro na parede, no espelho oval, na coluna da cozinha. As chaves do carro estão perto da bolsa. Pego tudo muito lentamente, tendo o cuidado de não fazer nenhum ruído. Sinto a mão de Nina nas minhas pernas. A porta está aberta e atravessamos agachadas as longas fitas de plástico, como se saíssemos de uma caverna fria e profunda em direção à luz. Nina me solta assim que saímos da casa. O carro não está trancado e nós duas entramos pela porta do motorista. Fecho, ligo o motor e saio de marcha a ré por alguns metros, até a estrada de cascalho. Antes de manobrar, pelo espelho retrovisor, observo pela última vez a casa da sua mãe. Por um momento a imagino saindo de penhoar, fazendo da porta algum tipo de sinal para mim. No entanto, tudo permanece imóvel. Nina passa sozinha para o assento traseiro e prende o cinto.

"Preciso tomar água, mami", diz e cruza as pernas em cima do assento.

E eu penso que sim, que claro, que isso é tudo de que precisamos agora. Que não tomamos água há muitas horas e as intoxicações são curadas tomando muita água. Vamos comprar algumas garrafas no povoado, penso. Também estou com sede. Os comprimidos para insolação ficaram na mesa da cozinha e me pergunto se não teria sido bom tomar outra dose antes de pegar a estrada. Nina olha para mim com o cenho franzido.

"Está tudo bem, Nina? Meu amor?"

Os olhos se enchem de lágrimas mas não volto a perguntar. Somos muito fortes, Nina e eu, digo a mim mesma enquanto saio do cascalho e o carro finalmente morde o asfalto do povoado. Não sei que horas são, mas ainda não tem ninguém na rua. Onde comprar água num povoado onde todo mundo está dormindo? Esfrego meus olhos.

Porque não está enxergando bem.

É como se precisasse lavar o rosto. Tem muita luz para ser tão cedo.

Mas não tem tanta luz assim, são seus olhos.

Tem algo incomodando meus olhos. Os brilhos do asfalto e das tubulações do bulevar. Baixo o para-sol e procuro meus óculos escuros no porta-luvas do carro. Cada movimento extra requer um grande esforço. A luz me obriga a cerrar os olhos e fica complicado dirigir nessas condições. E o corpo, David. Meu corpo está coçando muito. São os vermes?

Você sente como se fossem vermes, vermes minúsculos pelo corpo todo. Em poucos minutos, Nina ficará sozinha no carro.

Não, David. Isso não pode acontecer, o que Nina vai fazer sozinha no carro. Não, por favor, é agora, não é? É agora. Esta é a última vez que vejo Nina. Tem algo na rua mais adiante, chegando na esquina. Vou mais devagar, e fecho ainda mais os olhos. Está muito difícil, David. Dói demais.

Somos nós?

Quem?

Os que estão atravessando a rua.

É um grupo de pessoas. Breco o carro e as vejo, atravessam a alguns centímetros do carro. O que tanta gente está fazendo junta a essa hora? Tem muitas crianças, quase todas são crianças. O que estão fazendo, atravessando a rua juntas a essa hora?

Estão nos levando para a sala de espera. Deixam a gente por lá antes de o dia começar. Caso estejamos num dia ruim, nos devolvem antes, mas em geral não voltamos para casa até de noite.

Uma senhora em cada esquina vigia para que a travessia ocorra em segurança.

É difícil cuidar de nós em casa, alguns pais nem sequer sabem como fazer isso.

As senhoras usam o mesmo avental que a mulher da salinha de emergência.

São as enfermeiras.

São crianças de todas as idades. Está bastante difícil de enxergar. Eu me dobro sobre o volante. Também há crianças saudáveis no povoado?

Sim, tem algumas.

Vão ao colégio?

Sim. Mas aqui são poucas as crianças que nascem bem.

"Mami?", pergunta Nina.

Faltam médicos, e a mulher da casa verde faz o que pode.

Meus olhos lacrimejam e eu os aperto com as duas mãos.

"Mami, é a menina da cabeça gigante."

Abro os olhos um segundo, olho para a frente. A menina da Casa Lar está quieta na frente do carro e olha para nós.

Mas eu a empurro.

Sim, é verdade, é você quem a empurra.

Sempre é preciso empurrá-la.

São muitas crianças.

Somos trinta e três, mas o número muda.

São crianças estranhas. São, sei lá, arde muito. Crianças deformadas. Não têm cílios, nem sobrancelhas, a pele é avermelhada, muito avermelhada, cheia de escamas. Apenas algumas poucas são como você.

Como eu sou, Amanda?

Não sei, David, mais normal? A última passa. Também passa a última mulher e antes de seguir as crianças ela fica um momento olhando para mim. Abro a porta do carro. Tudo começa a ficar muito branco. Não deixo de me esfregar, pois tenho a sensação de que algo está preso dentro de mim.

Como se fossem vermes.

Sim. Se tivesse água eu poderia me lavar. Saio e encosto no carro. Penso nas mulheres.

As enfermeiras.

"Mami...", Nina está chorando.

Talvez se elas me dessem um pouco d'água, mas me custa tanto pensar, David. Estou com tanta raiva e tanta sede e tanta angústia e Nina não para de me chamar, e eu não posso olhar para ela, não resta praticamente nada que eu consiga enxergar. Está tudo branco para todos os lados e agora sou eu quem chama Nina. Tateio o carro e tento entrar de novo.

"Nina. Nina", digo.

Tudo está tão branco. As mãos de Nina tocam o meu rosto e eu as afasto com rispidez.

"Nina", digo. "Toque a campainha de uma casa. Toque a campainha e peça para ligarem para o papai."

Nina, digo uma vez e mais outra, muitas vezes. Mas onde Nina está agora, David? Como pude continuar sem Nina, esse tempo todo? David, onde ela está?

Carla veio ver você quando soube que a trouxeram outra vez para a salinha. Sete horas se passaram do momento em que você desmaiou até a visita de Carla, e mais de um dia desde o momento da intoxicação. Carla acredita que tudo isso está relacionado com as crianças da sala de espera, com a morte dos cavalos, o cachorro e os patos, e com o filho que não é mais seu filho, mas continua a viver na sua casa. Carla acredita que tudo é culpa dela, que, ao me mudar naquela tarde de um corpo para outro, mudou mais alguma coisa. Algo pequeno e invisível, que foi arruinando tudo.

E é verdade?

Isso não é culpa dela. Trata-se de algo muito pior.

E Nina?

Então Carla veio imediatamente, e quando viu que você estava desmaiando, que transpirava de febre, que estava tendo alucinações comigo, ficou convencida de que o importante era falar com a mulher da casa verde.

Verdade, ela está sentada aos pés da cama, e diz que falar com a mulher da casa verde é o melhor que podemos fazer. Agora quer saber se estou de acordo. Ao que ela está se referindo, David?

Está vendo? Você a vê agora, outra vez?

Vejo mais ou menos, ainda está tudo branco demais, mas os olhos já não coçam. Me deram alguma coisa para abrandar a coceira? Vejo silhuetas nebulosas, reconheço a de sua mãe, a voz dela. Peço que ligue para o meu marido, e Carla praticamente corre na minha direção. Me agarra as mãos, me pergunta como estou.

"Liga para o meu marido, Carla."

Eu disse isso a ela, sim, disse isso a ela.

E ela liga para ele. Você diz o número várias vezes até que ela o anota, consegue localizá-lo, e lhe passa um telefone.

Sim, é a voz dele, enfim sua voz, e eu choro tanto que ele não consegue entender o que está acontecendo. É que estou muito mal, percebo, e digo isso para ele. David, isso não é uma insolação. E não consigo parar de chorar, choro tanto que ele grita comigo pelo telefone, mandando parar e explicar o que está acontecendo.

Então Carla pega o telefone, com suavidade, e tenta falar com o seu marido. Sente-se envergonhada, não sabe bem o que dizer.

Diz que não estou bem, que na salinha hoje não tem nenhum médico mas já mandaram chamar um, ela pergunta ao meu marido se ele vai vir. Diz que sim, que Nina está bem. Está vendo, David, você está vendo que Nina está bem. Agora Carla está bem perto. Onde você está? Sua mãe sabe que está comigo?

Ela não se surpreenderia ao saber disso, ela diz a si mesma que estou por trás de todas as coisas. Que o que quer que tenha amaldiçoado este povoado nos últimos dez anos, agora está dentro de mim.

Ela senta na cama, bem perto. Outra vez o perfume doce do protetor solar. Arruma meu cabelo e seus dedos estão gelados, mesmo assim é um prazer. E o barulho de suas pulseiras. Estou com muita febre, David?

"Amanda", sua mãe diz.

Acho que ela está chorando, algo interrompe sua voz quando diz meu nome. Insiste sobre a mulher da casa verde. Diz que resta pouco tempo.

Ela tem razão.

"É preciso agir rapidamente", diz, e agarra minhas mãos, suas mãos frias apertam as minhas, ensopadas, acaricia meus pulsos. "Diga que concorda, preciso do seu consentimento."

Acho que ela quer me levar para a casa verde.

"Vou ficar no meu corpo, Carla."

Não acredito nessas coisas, quero dizer para ela. Mas acho que isso ela não escuta.

"Amanda, não estou pensando em você, mas em Nina", diz sua mãe: "quando soube que lhe trouxeram para cá, eu perguntei pela Nina, mas ninguém sabia onde ela estava. Nós a procuramos com o carro do sr. Geser."

O fio fica ainda mais distendido.

Ela estava sentada no meio-fio, alguns quarteirões depois do lugar onde estacionaram seu carro.

"Amanda, quando encontrar o meu verdadeiro David", diz sua mãe, "não terei dúvidas de que é ele." Aperta minhas mãos com muita força, como se eu fosse cair de um momento para outro. "Você precisa entender que Nina não aguentaria por muito mais tempo."

"Onde Nina está?", pergunto. Centenas de pontadas de dor irradiam da minha garganta até as extremidades do meu corpo.

Sua mãe não está pedindo meu consentimento, mas meu perdão, pelo que está acontecendo agora, na casa verde. Solto as mãos dela. A distância de resgate é ajustada, tão brutalmente que por um momento paro de respirar. Penso em sair, em levantar da cama. Meu Deus, penso. Meu Deus. Tenho que tirar Nina daquela casa.

No entanto, um tempo passará antes que você possa se mexer. O efeito vai e volta, a febre vai e volta.

Preciso falar outra vez com meu marido. Preciso contar para ele onde Nina está. A dor volta, é um estrondo branco na cabeça, intermitente, que me cega por alguns segundos.

"Amanda...", diz Carla.

"Não, não", digo que não, uma e outra vez.

Vezes demais.

Estou gritando?

O nome de Nina.

Carla tenta me abraçar e é difícil afastá-la. Meu corpo ferve numa temperatura insuportável, os dedos se inflamam debaixo das unhas.

Mas você não deixa de gritar, e uma das enfermeiras já está no quarto.

Ela fala com Carla. O que está dizendo, David, o que está dizendo.

Que tem um médico a caminho.

Mas não posso mais.

A dor vai e volta, a febre vai e volta, e Carla está mais uma vez aqui segurando as suas mãos.

Vejo as mãos de Nina, por um momento. Não está aqui mas as vejo com completa clareza. Suas mãozinhas estão sujas de barro.

Ou são as minhas mãos sujas, de quando apareci na cozinha e, sem me afastar da parede, procurei Carla a partir do umbral.

Não é verdade, são as mãos de Nina, posso vê-las.

"Era o que tinha de ser feito", diz Carla.

Está acontecendo agora. Por que os dedos de Nina estão cheios de barro? As mãos da minha filha cheiram a quê?

"Não, Carla. Não, por favor."

O teto se afasta e meu corpo se afunda na escuridão da cama.

"Preciso saber para onde ela vai", digo.

Quando Carla se inclina sobre mim tudo fica no mais completo silêncio.

"Isso não é possível, Amanda, já te disse que não é possível."

As pás do ventilador de teto se movem devagarinho e o ar não chega.

"Você tem de perguntar para a mulher", digo.

"Mas Amanda..."

"Tem de implorar para ela."

Alguém se aproxima, vindo do corredor. Os passos são suaves, quase imperceptíveis, mas posso escutá-los com clareza. Como seus passos na casa verde, dois pezinhos molhados sobre a madeira lascada.

"Que ela tente deixá-la o mais perto possível."

Pode interceder, David? Você pode deixar Nina por perto?

Perto de quem?

Perto, perto de casa.

Eu poderia.

De alguma maneira, por favor.

Eu poderia, mas não vai adiantar nada.

Por favor, David. É a última coisa que consigo dizer, sei que é a última, sei um segundo antes de dizer. Tudo fica em silêncio, finalmente. Um silêncio longo e tonal. Não há mais pás ou ventilador de teto. A enfermeira não está mais aqui, nem Carla. Os lençóis sumiram, a cama, o quarto. As coisas não acontecem mais. Existe apenas o meu corpo. David?

O quê?

Estou tão cansada. O que é importante, David? Preciso que diga, daí o calvário acaba, não? Preciso que diga e depois quero que continue o silêncio.

Agora vou te empurrar. Eu empurro os patos, empurro o cachorro do sr. Geser, os cavalos.

E a menina da Casa Lar. É veneno, é isso? Está em todas as partes, não é, David?

O veneno sempre existiu.

Então se trata de outra coisa? É porque fiz algo errado? Fui uma mãe ruim? É algo que eu provoquei? A distância de resgate.

A dor vai e volta.

Quando estávamos no gramado com Nina, entre os galões. Foi a distância de resgate: não funcionou, não vi o perigo. E agora tem mais alguma coisa no meu corpo, algo que ficou ativo de novo ou que talvez tenha se desativado, algo agudo e brilhante.

É a dor.

Por que não a sinto mais?

Está cravada no estômago.

Sim, ela o perfura e o abre, mas não o sinto, volta até mim com uma vibração branca e gelada, chega até meus olhos.

Estou tocando suas mãos, estou aqui.

E agora o fio, o fio da distância de resgate.

Sim.

É como se amarrasse o estômago a partir de fora. Aperta o estômago.

Não se assuste.

Estrangula o estômago, David.

Vai se romper.

Não, não pode ser. Isso não pode acontecer com o fio, porque eu sou a mãe de Nina e Nina é minha filha.

Em algum momento chegou a pensar no meu pai?

No seu pai? Algo puxa mais forte pelo fio e as voltas diminuem. O fio vai rachar meu estômago.

O fio vai se romper antes, respire.

Esse fio não pode ser rompido, Nina é minha filha. Mas sim, meu Deus, vai se romper.

Agora resta pouquíssimo tempo.

Estou morrendo?

Sim. Restam segundos, mas você ainda poderia entender o que é importante. Vou te empurrar para a frente para que possa escutar o meu pai.

Por que o seu pai?

Você o considera tosco e simplório, mas isso é porque ele é um homem que perdeu os cavalos.

Algo se solta.

O fio.

Não há mais tensão. Mas eu sinto o fio, ainda existe.

Sim, mas resta pouco tempo. Haverá apenas alguns segundos de clareza. Quando meu pai falar, não se distraia.

Sua voz está fraca, não consigo mais lhe escutar bem.

Preste atenção, Amanda, vai durar apenas alguns segundos. Agora está vendo alguma coisa?

É o meu marido.

Estou te empurrando para a frente, está vendo?

Sim.

Este vai ser o último esforço. É a última coisa que vai acontecer.

Sim, eu o vejo. É o meu marido, dirige nosso carro. Agora entra no povoado. Isso acontece realmente?

Não interrompa o relato.

Eu o vejo nítido e brilhante.

Não volte atrás.

É o meu marido.

No final, não estarei mais aqui.

Mas David...

Não perca mais tempo falando comigo.

Pega o bulevar e avança devagarinho. Vejo tudo com muita clareza. O semáforo o obriga a parar. É o único semáforo do povoado e dois velhos cruzam devagarinho e olham para ele. Mas ele está distraído, olha para a frente, não afasta o olhar do caminho. Passa pela praça, o supermercado e o posto de gasolina. Passa pela salinha de emergência. Pega a estrada de cascalho, no sentido da direita. Dirige devagar e em linha reta. Não desvia das poças, nem das lombadas. Um pouco mais distante do povoado, os cachorros do sr. Geser correm atrás dele e latem para os pneus, mas ele mantém a velocidade. Passa pela casa que aluguei com Nina. Não olha para ela. A casa fica para trás e a casa de Carla se torna visível. Pega a estrada de terra e sobe a ribanceira. Deixa o carro junto às árvores e desliga o motor. Abre a porta do carro. Está consciente da amplidão dos sons: quando a fecha, o clique retorna a partir das plantações. Observa a casa suja e velha, os trechos do teto remendados com chapa. Atrás o céu está escuro e, apesar de ser meio-dia, algumas luzes estão acesas no interior. Está nervoso, e sabe que alguém o deve estar observando. Antes de subir os três degraus do corredor de madeira, olha a porta aberta e a cortina de tiras plásticas presa na parede. Do teto pende uma campainha, mas não puxa o cordão de sisal. Bate palmas duas vezes e do interior uma voz grave diz "venha, pode entrar". Um homem da mesma idade está na cozinha, procura algo nos armários, sem prestar atenção nele. É Omar, seu pai, mas eles não parecem se conhecer.

"Posso falar com você?", pergunta meu marido.

Seu pai não responde e ele prefere não voltar a perguntar. Faz o gesto de entrar, mas vacila por um instante, a cozinha é pequena e o homem não se mexe. Meu marido dá um passo sobre a madeira úmida do piso, que range. Algo na imobilidade do homem leva a crer que já recebeu outras visitas.

"Aceita mate?", pergunta seu pai, já de costas, esvaziando a erva usada na pia.

Ele diz que sim. Seu pai aponta uma das cadeiras e ele senta.

"Mal conheci sua mulher", diz seu pai. Enfia os dedos na madeira da cuia do mate e joga na pia o que sobra de erva.

"Mas a sua mulher, sim, a conheceu", diz meu marido.

"Minha mulher foi embora."

Larga o mate sobre a mesa. Não o faz com força, mas tampouco é um movimento amável. Senta em frente a ele com a erva e o açúcar, e o encara.

"Você é quem vai me dizer", diz.

Logo atrás, estão penduradas na parede duas fotos do homem com a mesma mulher, e embaixo mais fotos do homem com cavalos diferentes. Um único prego sustenta tudo, cada foto pende da anterior atada pelo mesmo cordão de sisal.

"Minha filha não está bem", diz meu marido, "já passou mais de um mês, mas..."

Seu pai não olha para ele, enquanto serve outro mate.

"Quer dizer, ela está bem, sim, está sendo tratada e as manchas na pele já não doem tanto. Está se recuperando, apesar de tudo o que passou. Mas tem algo a mais e não sei o que é. Algo a mais, nela", demora alguns segundos antes de prosseguir, como se quisesse dar um tempo para o seu pai entender. "Você sabe o que aconteceu, o que aconteceu com Nina?"

"Não."

Ocorre um momento de silêncio, muito longo, no qual nenhum dos dois se mexe.

"Você tem que saber."

"Não sei."

Meu marido bate na mesa, de modo contido mas efetivo, o açucareiro pula e a tampa cai um pouco além. Agora sim seu pai olha para ele, mas fala sem sobressaltos.

"Você sabe que não há nada que eu possa lhe dizer."

Seu pai leva a bomba até a boca. É o único objeto que brilha na cozinha. Meu marido vai dizer mais alguma coisa. Mas então surge um barulho no corredor. Acontcccc algo, que, de onde está sentado, meu marido não consegue ver. Algo familiar para o outro, que não se alarma. É você, David, apesar de haver algo diferente, que eu não poderia descrever, mas é você. Você aparece na cozinha e fica olhando para eles. Meu marido olha para você, os punhos dele relaxam, tenta calcular sua idade. Ele se concentra no seu olhar estranho, que por momentos lhe parece bobo; nas suas manchas.

"Aí está ele", diz seu pai, cevando o mate mais uma vez, e de novo não o oferece. "Como pode perceber, eu também gostaria de ter a quem perguntar."

Você aguarda quieto, atento ao meu marido.

"E agora ele deu de sair amarrando tudo."

Seu pai aponta a sala de estar, onde um monte de outras coisas pendem de cordões de sisal, ou estão amarradas umas nas outras. Agora toda a atenção de meu marido está nisso, embora não saiba dizer por quê. Não parece uma quantidade desproporcional de coisas, parece mais que, à sua maneira, você andou tentando fazer algo com o estado deplorável da casa, e tudo o que há nela. Meu marido volta a olhá-lo, procurando entender, mas você sai correndo pela porta da entrada e os dois ficam em silêncio a fim de escutar seus passos se afastando da casa.

"Venha", seu pai diz.

Ambos se erguem quase ao mesmo tempo. Meu marido o acompanha até o lado de fora. Ele o observa descer os degraus olhando para os lados, talvez procurando por você. Vê seu pai como um homem alto e forte, vê as mãos grandes dele penderem ao lado do corpo, abertas. Seu pai se detém longe da casa. Meu marido dá mais alguns passos na direção dele. Estão próximos, próximos e ao mesmo tempo sozinhos diante de tanto campo. Mais além a soja parece verde e brilhante sob as nuvens escuras. A terra que pisam, porém, desde o caminho da entrada até o riacho, está seca e dura.

"Sabe", diz seu pai, "antes eu me dedicava aos cavalos", ele nega, talvez para si mesmo. "Mas agora você ouve os meus cavalos?"

"Não."

"E ouve alguma outra coisa?"

Seu pai olha para os lados, como se pudesse escutar o silêncio muito além do que meu marido é capaz de ouvir. O ar tem cheiro de chuva e uma brisa úmida chega, vinda do solo.

"Você precisa ir embora", diz seu pai.

Meu marido assente como se agradecesse a instrução, ou a permissão.

"Se começar a chover não vai conseguir passar pela lama."

Caminham juntos na direção do carro, agora com mais distância. Então meu marido vê você. Está sentado no assento traseiro. A cabeça mal aparece acima do recosto. Meu marido se aproxima e aparece na janela do motorista, está decidido a fazê-lo descer, quer ir embora agora mesmo. Erguido contra o assento, você o olha nos olhos, como que lhe implorando. Vejo através do meu marido, vejo nos seus olhos esses outros olhos. O cinto fechado, as pernas cruzadas sobre o assento. Uma das mãos meio esticada para a toupeira de Nina, dissimuladamente, os dedos sujos apoiados nas patas de pelúcia, como se tentassem segurá-la.

"Desça", diz meu marido, "desça agora mesmo."

"Como se pudesse ir para algum lugar", o seu pai diz, abrindo a porta traseira do carro.

Os olhos procuram desesperados o olhar de meu marido. Mas seu pai abre o cinto e puxa seu braço para fora. Meu marido sobe no carro furioso, enquanto as duas silhuetas se afastam, voltando para a casa, distantes, primeiro entra uma, depois a outra, e a porta se fecha por dentro. Somente então meu marido dá partida no motor, desce a ribanceira e pega a estrada de cascalho. Sente que já perdeu tempo demais. Não para no povoado. Não olha para trás. Não vê os campos de soja, os riachos tecendo as terras secas, os quilômetros de campo aberto sem gado, os bairros e as fábricas, chegando na cidade. Não repara que a viagem de volta vai ficando mais e mais lenta. Que há carros demais, carros e mais carros cobrindo cada nervura de asfalto. E que o trânsito está estagnado, paralisado por horas, fumegando efervescente. Ele não vê o que é importante: o fio finalmente solto, como um pavio aceso em algum lugar; a praga imóvel prestes a se irritar.

A marca FSC® é a garantia de que a madeira utilizada na fabricação do papel deste livro provém de florestas gerenciadas de maneira ambientalmente correta, socialmente justa e economicamente viável e de outras fontes de origem controlada.

Copyright © Samanta Schweblin, 2014
Copyright da tradução © 2024 Editora Fósforo

Todos os direitos reservados. Nenhuma parte desta obra pode ser reproduzida, arquivada ou transmitida de nenhuma forma ou por nenhum meio sem a permissão expressa e por escrito da Editora Fósforo.

Título original: *Distancia de rescate*

EDITORAS Rita Mattar e Eloah Pina
ASSISTENTES EDITORIAIS Millena Machado e Cristiane Alves Avelar
PREPARAÇÃO Sheyla Miranda
REVISÃO Eduardo Russo e Livia Azevedo Lima
DIREÇÃO DE ARTE Julia Monteiro
CAPA Alles Blau
IMAGEM DE CAPA © Alec Soth/Magnum Photos/Fotoarena
PROJETO GRÁFICO Alles Blau
EDITORAÇÃO ELETRÔNICA Página Viva

Dados Internacionais de Catalogação na Publicação (CIP)
(Câmara Brasileira do Livro, SP, Brasil)

Schweblin, Samanta
Distância de resgate / Samanta Schweblin ; tradução Joca Reiners Terron. — São Paulo : Fósforo, 2024.

Título original: Distancia de rescate
ISBN: 978-65-84568-84-6

1. Ficção argentina I. Título.

23-172666   CDD — Ar863

Índice para catálogo sistemático:
1. Contos : Literatura argentina   Ar863

Aline Graziele Benitez — Bibliotecária — CRB-1/3129

Editora Fósforo
Rua 24 de Maio, 270/276
10º andar, salas 1 e 2 — República
01041-001 — São Paulo, SP, Brasil
Tel: (11) 3224.2055
contato@fosforoeditora.com.br
www.fosforoeditora.com.br

Este livro foi composto em GT Alpina e
GT Flexa e impresso pela Ipsis em papel
Pólen Bold 90 g/m² da Suzano para a
Editora Fósforo em dezembro de 2023.